老人这宝贝

[日] 渡边淳一 著　　竺家荣 译

青岛出版集团 ｜ 青岛出版社

图书在版编目（CIP）数据

老人这宝贝 /（日）渡边淳一著；竺家荣译 . — 青岛：青岛出版社，2022.10
ISBN 978-7-5736-0454-5

Ⅰ.①老… Ⅱ.①渡… ②竺… Ⅲ.①随笔—作品集—日本—现代 Ⅳ.①I313.65

中国版本图书馆 CIP 数据核字 (2022) 第 168017 号

老いかたレッスン by 渡辺淳一
Copyright©2012 by 渡辺淳一
Simplified Chinese edition copyright© 2022 by Qingdao Publishing House Co., Ltd.
This edition arranged through Chuzai International CO., LTD.
All rights reserved.
简体中文版通过渡边淳一继承人经由中财国际株式会社授权出版
山东省版权局著作权合同登记号 图字：15-2017-237 号

		LAOREN ZHE BAOBEI
书	名	老人这宝贝
著 者		［日］渡边淳一
译 者		竺家荣
出版发行		青岛出版社
社 址		青岛市崂山区海尔路 182 号
本社网址		http://www.qdpub.com
邮购电话		0532-68068091
策 划		刘 咏 杨成舜
责任编辑		初小燕
封面设计		末末美书
照 排		青岛新华出版照排有限公司
印 刷		青岛新华印刷有限公司
出版日期		2022 年 10 月第 1 版 2022 年 10 月第 1 次印刷
开 本		大 32 开（890mm×1240mm）
印 张		7.25
字 数		133 千
印 数		1—5000
书 号		ISBN 978-7-5736-0454-5
定 价		39.00 元

编校印装质量、盗版监督服务电话 4006532017 0532-68068050
本书建议陈列类别：日本·畅销·随笔

目 录

第1部 退休后去哪儿？/ 1

名为"敬老日",实则"嫌老日" / 3

退行性变化之一 / 8

退行性变化之二 / 13

丈夫该扔掉了 / 18

摔倒之后才知道 / 23

好得差不多了 / 28

无处可去 / 33

描写退休生活 / 38

享清福却百病生 / 43

退休制度的残酷性 / 48

迎来喜寿的心境 / 53

孤舟族的生活方式 / 58

第2部 F君的退休生活 / 63

F君退休后的苦恼 / 65

事与愿违的自由 / 70

每月的零花钱 / 75

退休以后才发现 / 80

你也出去转转吧 / 85

偶遇过去的下属 / 90

不得不干家务活儿 / 95

出去找工作 / 100

只要能有工作 / 105

说不出口的"谢谢" / 110

无所事事不好 / 115

让自己忙活起来 / 120

有感于"勤劳感谢日" / 125

出去旅游吧 / 130

闲话贺年片 / 135

怎样熬过漫漫长夜 / 140

贺岁时节的心境 / 145

新年发愿 / 150

第3部 度过新鲜刺激的晚年 / 155

大叔们该出场了 / 157

不眠之夜应对 / 162

光荣退休之后 / 167

写写自传 / 172

怎样写自传 / 177

积极开朗地生活 / 182

重振雄风 / 187

多少岁算是老年人 / 192

新名片的用法 / 197

思考寿命 / 202

当个"花心"老头 / 207

交个女性朋友 / 212

学习养老 / 217

后记 / 223

第 1 部　退休后去哪儿？

名为"敬老日",实则"嫌老日"

今天是"敬老日"。

早在多年以前,我就已经加入这受人尊敬的老年人之列了。

但是说实话,对于很多老年人来说,这个日子也许并不是那么心情舒畅吧。

说起来,"敬老日"最早被叫作"老年日"。

我查了一下,发明这个节日的人,据说是65年前,即1947年的兵库县多可郡野间谷村的门肋村长。

出于"敬老爱老,借老者智慧,建设乡村"的想法,最初是把农闲期的9月15日作为"老年日"的。

以此为开端,"老年日"后来拓展到了兵库全县,进而发展至全国。这就是"老年日"的来历。

到了1966年,"老年日"被正式定为国民节日,后来该节日变更为9月份的第三个周一。

变更的理由是,政府试图把这个假日作为秋季的连休日,也就是变成 Happy Monday(快乐周一),但遭到了老龄团体的反对。于是,政府修改了《老年福利法》,把"老年日"还原到9月15日,定为纪念日①。

由此不难看出一些人想利用"敬老日"来休闲的不轨之心,还可以感受到即便是小长假也不会出远门的老年人的抵触情绪。

总而言之,"敬老日"就这样诞生了。不过,听说这类节日在其他国家好像很少见。

有人以为,既然如此,日本的老年人会感激涕零吧。

那你可就想错了。对这一天,没有多少老年人会心怀感激的。我这么说,可能又是我的天邪鬼②在作怪吧,但实际情况难道不是这样吗?

---

① 纪念日:此处指由日本政府规定的纪念日。其中一部分纪念日为国民节日,"老年日"也属于国民节日。
② 天邪鬼:日本传说中的恶神之名,形容爱故意和别人唱反调、违逆他人言行想法、性格别扭的人。

各大报纸上关于"敬老日"的报道都是大同小异。

标题不外乎是"今天是敬老日""65岁以上的人创新高,达2898万人""每4个女性中就有1个"之类。

报道的详细内容是:"总务省的调查显示,截至15日,超过65岁的老龄人比去年增加了80万,达到2898万人。占总人口的比例比去年增加了0.6个百分点,达到22.7%,刷新了纪录。其中65岁以上的女性首次超过了25%,这意味着每4个女性中就有1名老年人。

"有65岁以上老人的家庭达到1821万户,占总人口的36.7%,其中的414万户是单身户。这些单身户的1/3以上,即145万户住在出租公寓里。因此,有不少老人死在家里时,身边没有1个亲人。看来,如何构建一个区域性的关怀老年人的体系,已成为亟待解决的问题。"

这几乎是全国各家报纸的共通写法,不过说实话,老年人读了这种报道高兴得起来吗?

我想,几乎所有老年人都会感到不愉快吧。

理由很简单,因为从那些文章的字里行间,可以感受到"老年人逐年增加,而且越来越长寿,让人厌烦"的意思。

写这些报道的记者,可能不过是客观地介绍了一下总务省的统计结果,并提出今后社会面临的老龄化压力。但是,从这些报道中,几乎感受不到任何对老年人的关怀和体恤,当然更谈不上什么敬老了。

这种感觉不是老年人是体会不到的。

说到时下对老年人的界定,是不是也存在一些问题呢?

如前所述,政府好像把超过65岁的人定为老年人,但是确切地说,这条分界线应该划在60岁吧?

因为几乎所有的企业都是把60岁定为退休年龄,让职工回家的。

被公司赶出来的男女职工会怎么样呢?大部分人没有机会再次就业,只能孤独地赋闲在家,甚至会被家里人疏远,处境尴尬,这才是实情。

如果老年人的特征是"孤独"的话,那么退休以后的老年人就是不折不扣的"孤家寡人"了。

政府之所以把步入老年的门槛定在65岁,是因为从这个年龄起,可以领取养老金了。然而,已退了休,却得不到养老金的60岁到65岁之间的人是尤为悲惨的。

人老了,生活也不稳定,这5年当然也应该归入老龄。

如果这样划分的话,老年人占总人口的比例就会进一步增加,男女合起来或将达到总人口的 30% 左右。

这样一来,会出现什么情况呢?

人们恐怕很难那么轻松地谈论"敬老"之类的话题了。非但不是敬老,应该是"恐老",不,"嫌老"才对。

不要说年轻人了,就连中年人也大多嫌弃老人。巧的是,"嫌老"和"敬老"在日语中的发音很相近①,所以干脆写作"敬老",念成"嫌老"得了。

看起来,我老是爱写讨人嫌的事,但我所说的都是老年人共通的真实心态。

尽管在现实中,老年人什么也不说,其实是因为没有说话的地方。

幸好,我虽然已经步入老年,却还有表达的平台,所以我打算作为占总人口约 1/4 的老年人的代表,写点什么。

---

① "嫌老"的日语发音是 kenlou,"敬老"是 keilou。

退行性变化之一

前几天,我和A先生打了一次久违的高尔夫。结束之后,他很客气地对我说:"球打不远了啊。"

我已经有3年没和他一起打球了,他对我的球技竟然变得如此之差非常惊讶。

以前我和他交手时,还多少下些赌注,那时候他从来没有说过这种话。赢了就高兴,输了就惋惜,一直是怎么想就怎么说的。

可是现在呢,他虽然赢了,说话的口吻却好像对不起我似的,显然是在同情我啊。

我也老老实实地承认自己的退步:"是啊,我最近球打不远了,太差劲了。"

尽管他说的完全正确，无可辩驳，但是说心里话，我还想再加上一句："所以，我正在研究为什么会变得这么差劲呀。"

说这话并非因为我不服输，我纯粹是想找出技术变差的原因来。而且，我还想知道今后到底会差到什么地步。

这么一写，可能有人会笑我："研究这个有什么意义？就是因为老了呗。"

其实我就是对这个问题有兴趣。除了由年龄增长造成的技术退步外，我还想从理论上研究研究随着年龄增长，身体里到底哪些部分发生了变化，从而造成了多少得分的下降。

写到这里，我意识到上面所说的情况在医学上称为"退行性变化"。

所有人随着年龄的增长，身体各组织的机能都会逐渐退化，这个过程称为退行性变化。

而且，现在很多领域的专家在调查研究这一过程。

就是说，这是一门了不起的学问，完全不必因为调查这些而感到害羞或不好意思。

值得一提的是，研究人员一般都是通过动物来研究这种变化的。即使是临床研究，也几乎都是年轻一些的研究人员以老年人为对象进行研究的。

像我这样对自己的身体进行研究的老年人还从来没有听说过,这么做本身不就具有划时代的意义吗?

于是,我首先把自己挥杆的动作拍成录像进行研究,发现从挥杆到击球,再到收杆,在做这一套动作时,我的身体根本没有扭动。

我自以为使出了吃奶的劲儿扭动身体,其实只是轻轻地向右转,又轻轻地转回到左边而已。

大家都知道,球打得远近和上半身的转体角度是成正比的,像我这样的姿势,球自然打不远,想打远也不可能。

再仔细观察的话,还能发现我挥杆的高度不够,收杆时仅仅挥到了稍高于肩膀的位置,这样太低了。再加上挥杆速度较快,腰部又不稳,导致越用力身体就越摇晃。

看着这些不到位的动作,我才意识到自己动作变得僵硬了,柔韧性不够,从腰部到手腕的动作幅度变小了。

毫无疑问,我全身的肌肉都发生了退行性变化,而且日趋严重。

那么我该怎么做呢?答案很简单,就是要锻炼全身的肌肉,特别是增强腰部、肩膀、手腕的肌肉力量,使它们柔软起来。

具体来说,可以通过慢跑等运动不间断地进行锻炼,以此增强肌肉力量,强壮腰腿。只要每天坚持锻炼1小时,30分钟也行,肌肉的状况就能有所改善,高尔夫得分也能提高一些。

道理是明白了,但是有没有落实呢?几乎没有。理由很简单,即使那么做了,也和生活本身没有一丁点儿关系。

确实,这么锻炼下去的话,高尔夫的得分会有所提高,这一点着实令人开心。不过,这只限于在高尔夫球场上,在其他方面就没有多少收效了。

对于眼前没有多大收益的事,何必那么拼命呢?

自己明知这样想不对,却因为不靠这方面的提高也照样能生活,所以逐渐懈怠下来。

即使如此,看看我过去最风光的时候,也就是50多岁时打出的Handicap① 的14寸照片,我的身体看起来非常柔软,扭转得很轻松。

可是,到了为得分降低而烦恼的现在,我已经变得身子直立不动,仅靠手腕挥杆了。

我居然能差劲到如此地步,连自己都惊诧不已。

就这样,通过亲身感受自己的衰退过程,就能明白其他人

---

① Handicap:缩写为HDCP,高尔夫运动中的差点。

为何会退步了。

对于高尔夫爱好者来说,大多从60岁后半期开始击球距离逐渐变短,过了70岁会快速变短,技术也会退步。

现在,我一看这个岁数的人打球的姿势,就能大概判断出这个人的Handicap是多少,以后会降到多少。

我这样多嘴,可能有点讨人嫌,但是经常站在客观角度来观察自己衰老的过程也是必要的。

退行性变化之二

虽然在上一篇里,谈到了我在打高尔夫时亲身感受到的退行性变化,但我不把它当回事,因为高尔夫对我来说不过是玩玩而已。

不过,对于一个职业高尔夫选手来说,就不可能这么优哉游哉了。

现在的职业高尔夫选手一过50岁,好像就可以参加老年巡回赛了。

这种老年巡回赛,由于参加者都是上了岁数的、苦恼于得分很难提高的人,所以比起常规比赛来,自然会轻松许多。

即便如此,业余高尔夫选手中的顶级选手,也就是所谓的俱乐部冠军们,几乎都是50多岁。而在职业高尔夫界,这个年龄就无法参加常规比赛了,这说明了职业高尔夫界的残酷。

哎呀,各位不用那么吃惊吧。

其他体育项目,比如日本足球职业联赛等,据说35岁左右就是运动员的极限了。一旦超过,即使是再伟大的球星也不得不退役。

相比之下,棒球选手的运动生涯好像稍长一些,但也就到40岁左右。当然也有像工藤公康这种一直奋斗到48岁的人,这纯属特例。

总之,体育竞技世界是非常残酷的,特别是田径和游泳等选手,其职业生涯就更短了,据说超过30岁就很难再出成绩了。

比起单纯靠体力来竞技的项目,有些需要技巧,甚至需要使用各种道具的项目,其运动生涯就相对长一些。

而游泳和田径选手,他们因为知道自己的最佳运动年龄稍纵即逝,所以拼命努力,无奈运动生涯实在太短了,甚至连职业都称不上。

那么,人是从何时开始出现退行性变化的呢?

仅仅从肉体层面的发展极限来说,也许是二十二三岁,最多到 25 岁。

从那之后,肉体的强健和精力就会逐渐下降。

而且不只是在运动能力方面,皮肤的弹性和光泽也同样会下降。

很多女性过了这个年龄就会感觉到,即便涂脂抹粉,也不容易上妆,皮肤没有以前那样有光泽了。

肉体的强健和光泽从 20 多岁就开始走下坡路,未免也太早了,着实令人失望。

我再次感到人类是多么地可悲和脆弱,但仔细想想,退行性变化开始后的岁月又是那么漫长。

虽说肉体从二十四五岁开始就一步步地衰退,但是大部分人仍然会继续活四五十年。

知道了这一点就会明白,人生的一大半时间是在退行性变化中度过的。我这么说并不为过。

因此,如何积极地正视和对待退行性变化就变得尤为重要。

我之所以想一边打高尔夫一边仔细观察自己退步的过程,就是因为这个。

那么,我们应该如何一边感受自己日渐衰弱的身体,一边让自己振作起来,精精神神地生活呢?

关于这一点,可能有很多人即使没有注意到这是退行性变化,也会用自己的方法来努力防止体力减退。

无论哪种方法,其基本原理就是,首先要表扬自己的身体。诸如"哇,你这么虚弱,还这么努力啊!""今天你表现得很好!"等等。和人一样,身体受到表扬后,也会打起精神来的。

说起来,人类还真是一种有趣的生物。

人从降生到世界上来,到长大成人、身体强健起来,这个过程所需要的时间不过 25 年,但衰弱的时间居然是其 1 倍以上。

没听说过其他动物有人类这么长的下坡路要走的。

人类衰退的过程这么漫长,也就意味着在这期间的收获是巨大无比的。

人身体变强壮的过程就是变强壮,很简单,但是在衰弱的过程中,由于是在走下坡路,视野变得开阔了,所以还能看到其他人的生活状态,体会到其他人的所思所想。

而且,在这一过程中,人们才真正明白了自己想做的工作到底是什么,注意到人际关系的重要性,并结婚、生子,体验何为家庭,进一步认识自己。

就这样,在学习各种东西的同时,人们认识到在工作中相互配合的重要性,能够更深刻、更平和地思考问题。

美国的一项目研究表明,一般来讲,人在65岁左右时判断力是最好的。

由于体力在走下坡路,身体里不再充满激情,人们开始挖掘自己的内在,使之变得更有深度。

说不定造物主就是因为这个,才把我们这些具有世界上最高智慧的人类的退行性变化期延长了一些吧。

这么一想,人就会对年龄增长产生兴趣,并且鼓起勇气来:"好啊,退行性变化,你来吧。"

不过,小说一般描写的都是处于这种退行性变化过程中的人,所以,我必须写写即便上了年纪,也不逊色的人才行……

丈夫该扔掉了

在阅读各类书籍的时候,我有时会碰到意想不到的词语。

特别是杂志,由于和时代动态紧密相连,所以经常会看到让我觉得很奇妙的语言表达。

前段时间,我看到了一个十分新奇的句子。

那就是"该扔掉了"。

这句话是登在某本女性杂志上的,不过,单看这一句似乎不值得大惊小怪。

很多人会以为是该扔掉什么垃圾啦,或者破旧物品之类的。

然而,这个"该扔掉"的可不是人们司空见惯的东西。因为它前面的那个词,是"丈夫"。

没错,就是"丈夫该扔掉了"。

这种句子居然堂而皇之地登在女性杂志上,我不知该说"这也太酷啦",还是该说"吓死人啦"。

迄今为止,在我读过的各种男性杂志上,从来没有出现过"妻子该扔掉了"之类的句子。倘若刊登这种句子,且不说女性,就连男性也会劈头盖脸地批驳一通:"你把女性当成什么了?怎么能和那些废品、垃圾混为一谈呢?"

然而,对于"丈夫该扔掉了"这个说法,似乎没有听到什么像样的批评。

直到现在,那本杂志还摆在书店里卖呢,可见没有受到任何指责。

不仅如此,当我和一位女性说起此事时,她还笑着说:"这种说法怪有意思的啊。"

这确实是个新鲜又独特的说法,因为以前没有听人说过,也没有看到过。

所以,我打算再稍微详细地概括介绍一下出现这个句子的文章。

假如你想要和令你感到厌倦的丈夫分开,务必要找准分开的时机。

既然想分开的话,就不如趁早。

当你还在考虑"再等一等吧,再等一等"的时候,你丈夫已然退了休,身体和精力都开始衰退,什么事都依赖起了你。到那时候,想分开可就难了。

相比之下,趁着丈夫还有工作、身体还健康的时候提出离婚,他也会比较容易放你离开。

可是,丈夫退休以后,就没那么容易放你走了。

所以,若想抛弃丈夫的话,退休前夕是最佳时机。总之,抛弃丈夫的时机也是很重要的。

大致内容就是这些,不知大家看了之后,会做何感想?

反正我看了之后,惊得呆住了,不禁发出一声感慨:"言之有理啊。"

上面那些话虽然男人们听起来不会太舒服,却有其说服力和现实性。

确实,如果有位妻子想和丈夫分开的话,她很可能会产生共鸣。

想来写这篇文章的这位妻子虽然结了婚,但不是特别爱她的丈夫。不仅如此,每天生活在一起,日久天长就越来越厌烦了。但是,还不至于非得马上分开不可。

然而,到了丈夫快退休的时候,未来已经明摆着了:以后生活在一起,丈夫也不会再赚钱回来,反而一天到晚待在家里,一切都要依赖自己了。真想趁他退休之前,想办法分开,自己好轻松轻松。

我可以感受到这位妻子如潮水般阵阵涌来的内心纠结。虽说不上写得有多好,但也算是一篇浅显易懂的文章。

话又说回来,时代真是变了。

以前,且不说二战后那会儿,就是在二三十年前,不,在10年前,还没有这样的说法,也没见过这样的文章。现在,这篇文章却大模大样地刊登在杂志上,供众多女性阅读。

在这些女性中,有的为人妻者可能会点头赞成,但也有的会报以苦笑:"这也太过分了。"

不管是哪种,都说明现在已然进入了妻子们能够自由表达想法的时代了。

那么,保不齐哪天就会被妻子抛弃的大叔们,又会抱着怎样的心情来读呢?

他们会气急败坏地说:"真不像话,把丈夫当成什么啦。""这种老婆太可恨了。"还是会惊讶地说:"啊?她们是这么想的吗?"

事到如今,丈夫们吃惊或慌张,恐怕都为时已晚。

女士们,妻子们,也许从以前开始,或从更久远的过去开始,就在考虑这件事了。

但是,那时她们既没有这样的勇气,也不具备相应的社会环境。

而现在,离婚对她们来说并不构成损失,即使分开也照样可以拿到丈夫的养老金。已经把孩子抚养成人了,到了这个时候,不如分开一个人单过,那样要舒服得多。

这么一想,也许此时就是分开的好机会。

脑子里琢磨这些的妻子现在确实在不断增加。

我希望世上的大叔们一定要将这件事铭记于心,不要忘了"该扔掉了"这句话。

不对,站在大叔们的角度,应该是"该被扔掉了"。

摔倒之后才知道

哎呀,真是吓了一大跳,太出乎意料了,也太叫我沮丧了!

昨晚,我居然在马路上摔倒了。

当时到底是怎么摔倒的,我到现在也没有搞清楚。

那是晚上 7 点 30 分左右。当时,我打算从位于涩谷的事务所过马路打出租车去 NHK(日本广播协会),事情就发生在那边的人行横道边上。

我出门想打出租车时,觉得马路对面应该好打一些,于是想过马路,可是又懒得去走不远处的人行横道,打算抄近路,从车行道和便道之间的栏杆上跨过去。

这个栏杆是断断续续的,如果从栏杆之间的间断处穿过去的话，就什么事情都没有了，可是偏偏附近没有间断处。

加上天气很冷，我就打算干脆跨过栏杆去，于是先抬起左脚，接着再抬右脚。没想到右脚绊在了栏杆上，上半身直挺挺地倒了下去。

"不好！"一闪念间为时已晚，左肩直接撞向地面，身体倒在了栏杆前边的绿化带旁。

"好痛……"我倒在人行道和绿化带之间动弹不得了。

摔得可真不是地方啊。

我不由得看了看四周，不知是福还是祸，周围全无人影，只有清冷的夜空笼罩着大地。

"怎么办呢？"

我问了问自己的身体，好像还能站起来。于是我缓缓抬起头，撑着右手，勉勉强强站了起来。

突然左腿一阵闪电般的刺痛。但是杵在这里也不是办法，还是先回事务所吧。决定了之后，我往前一迈步，感到先着地的大腿和肩膀一阵麻酥酥的疼痛。

我忍着痛向前走时，有一个男人路过，没有理睬我，走了过去。他可能觉得，一个穿着半身大衣、围着围巾的老年人正在蹒跚走路并不是什么新鲜事吧。

不管怎样,现在只能靠自己了。我这么鼓励自己,慢慢朝着事务所移动。走上停车场前的小坡道之后,我停下歇了口气,然后进了后门,总算是坐上了电梯。

好不容易回到屋子里,打开灯一看,发现大衣和裤子并没有弄得特别脏。

坐到椅子上以后,我想再好好看看跌伤的地方,可刚抬起屁股,左腿和左肩就一阵刺痛。

没办法,只能坐着脱掉裤子,用还算活动自如的右手摸了摸伤处。

没有擦伤或出血,而且手和脚还能动,估计没有骨折。但是,左手腕痛得几乎动不了了。大概是在摔倒的一瞬间,我用左手撑着地面,扭到了手腕的关节吧。

这样看来,目前可以确定的是,我受的伤是"左大腿跌打伤""左肩前端挫伤"和"左手腕关节扭伤"。

这3处都不是外伤,感觉也没有骨折,用不着去医院。

因为我曾经当过整形外科医生,所以这点伤马上就能诊断出来。

眼下只能安静地休息,外出更不可能了。

于是,我给有约的S先生打了个电话,向他说明了爽约的原因。

"啊,您没事吧?"

他显得很惊讶,虽然不能肯定地说没事,但确实没到非得去医院的地步。

总之,我在电话里道了歉,然后在各个受伤部位贴了消炎镇痛膏,吃了两粒止痛药,就躺下了。

这样熬了一夜,到了早上左腿和肩膀的疼痛已经缓和大半。特别是大腿,站起来的瞬间虽然还很痛,但是勉强能走路了。

只是一活动肩膀,我就痛得龇牙咧嘴,几乎举不起胳膊来。

最痛的还是手腕。好像是在跌倒的瞬间,押到了关节囊,或许需要很长时间才能好起来。

总之,目前我只能先贴着膏药,尽量不活动,好好休息。

那么,到底为什么会这样呢?

在这件事上,我必须首先反省的就是,我的身体已经不像自己想的那样灵活了。

我觉得,这么低的栏杆应该不成问题,只要稍稍抬高腿就行了。结果,腿没有抬高,不,是没有能抬高。

必须注意的问题就在这里。我忘记了最基本的一点，以为自己没问题，想要跨过去。

其结果是受到了惩罚，但同时也得到了宝贵的教训。

这是因为，当我们认为自己上了年纪时，身体比我们自己感觉的还要衰老。

如果注意到这一点，我就不会像昨天晚上那样犯傻了。

这些都是我亲身经历之后才懂得的。我对自己说，这就叫"一病息灾"，但是左手腕和肩膀还是痛得要命。

好在右手还没事，所以就写了这篇稿子。

好得差不多了

"哎呀,真是吓了一大跳,太出乎意料了。"虽然这么写,和上一章的开头重复了,但是这次要在后面加一句"太佩服了"。

这句"太佩服了"是对在周刊杂志上连载的插画发出的感慨。

很早以前,我就拜托唐仁原教久先生画连载插图,可没想到他的画工如此高超,如此逼真。

在上一章里,我描述了自己在跨越便道和车行道之间的栏杆时跌倒的瞬间。

他画出来的跌倒时的姿势简直太像了,就好像他躲在暗处看到我摔倒似的,画得传神极了。

"啊!太逼真了,我就是这么摔的。"我看着看着,当时的疼痛仿佛又复苏了,吓了我一跳。

唐仁原先生本来就是画家,画得好也很正常,不过,还因为我喜欢他的画中隐隐透出来的一股幽默和讽刺,才拜托他的,现在看来超出了我的预期。

没错,就是这姿势,我右腿绊在栏杆上,倒在人行道的绿化带旁边。

摔倒的过程已经在上一章写过了,我收到了很多人寄来的问候信和电子邮件,深感不安,托大家的福,我已经好了很多。

特别是摔伤的左大腿等部位,泛青的地方已经渐浅,也能走动了。

只剩下左手腕和左肩膀等关节扭伤的地方还在痛,胳膊也举不起来。

比起单纯的跌打伤,关节扭伤要花更长时间才能恢复,但这丝毫不影响我坐下和慢慢走动。

现在只能老老实实地等待恢复了。到底是上了岁数,大概需要很长时间。

所幸我右手还能动,嘴巴也能讲话。所以,我还能写稿,预定的演讲会也能参加,真是不幸中的万幸。

受伤之后,有几个人问我:"不去医院行吗?"我回答:"不去也行。"

一旦受了这类伤,一般人好像都很在意是不是骨折了,但是无论多痛,只要还能动就没事。如果骨折了的话,人会痛得几乎动不了。

受伤后不要乱动,并且在痛处敷上湿布。

此时,一般来说都是敷冷湿布。因为跌伤的地方会发炎、发热,所以必须冷敷。

但是,当炎症消去一些,开始活动时,就要改为热敷。

在进行复健等活动时,也最好边热敷边进行。

即便如此,还是有很多人不知道到底应该冷敷还是热敷。遇到有人这样问,我一般都回答:"那就怎么舒服怎么来吧。"

这就是说,做自己觉得舒服的事,一般来讲都没有坏处。

如果感到疼痛的话,就吃点止痛药。有人问过我:"这种时候,家里的常备药就行吗?"当然可以。

药店里卖的止痛药,也是制药公司几经研究之后制造出来的,所以不会太差。

我想起了以前当医生时给人看病的情景,不知不觉地就变成了医生的口吻。

对了,既然我说话的口气已然是个医生,顺便啰唆一句,像我这次受的伤,就用不着去医院。

我听说,受伤的人几乎都会去医院,甚至还有叫救护车的。这样一来,救护车和医院都会承受很大的压力。

现在的医院急诊部,医生们因为不断送来的患者忙得不可开交,全都累得筋疲力尽。

如果送来的病人值得救护车跑一趟还说得过去,要是像我这种轻度跌打和扭伤的话,医生只会觉得烦。

一般来说,医生会给你照个片子,再看看受伤的部位,最后开点膏药和止痛片就完事。所以,去不去医院都一个样。

若是受伤之后,勉强移动身体上医院的话,反而对受伤的部位不利。

倘若没多大事,就上医院,无论是对患者本人,还是对医生、护士来说,都是徒增疲累而已。我希望大家把这句话铭记于心。

上一章的插图画稿,我很想跟唐仁原先生要过来。我想把那张画放在镜框里,摆在我的桌子上。

今后每次看到这幅画时,我都对自己说:"你已经不年轻了。你已经上了年纪,一不小心,就会吃这样的苦头。"

经常看到有人把养生法之类的图片贴在墙上,这张插图也具有与其相当的意义。

尽管我是这么想的,但仔细想想,把自己摔倒瞬间的画像摆在桌子上,也太令人沮丧了。

虽说是看着那个插图来提醒自己,但不久就会看烦的。

那么,就偶尔拿出来看看吧,虽然有点对不起给我画了这么好插图的唐仁原先生。

不管怎样,我还是想把画要过来。问题是,人家能给我吗?

无处可去

现在,上午的公立图书馆里全是老年人。

说到这里,可能很多人会感到奇怪,问:"为什么?"这绝不是我在瞎说。

以前,我为了写《孤舟》这部小说,去了东京都内的几个图书馆,发现这些图书馆里有很多60岁以上的老年人。他们大都是在上午9点开馆时进来,占据阅览室的座位。

我以为他们都会读读书或查阅一些资料,但是实际上并非如此。

有的人只是悠然地坐着,有的人随意地翻看着报纸,有的人不一会儿就趴在桌子上睡着了。

其中也不乏明目张胆地睡在"请勿在此睡觉"的警示牌前的人。

为什么来图书馆的老年人会增多呢？

理由很简单，因为退休以后，男人们无处可去了。

我这么一写，肯定很多人会想，退休后不去公司的人不都是待在家里吗？

确实，也有退休之后，悠闲地待在家里读书看电视的人。可能也有早上睡懒觉，赖床赖到晌午的人。

但是，他们不可能一直这样。退休后过个一两年，就在家待腻了，想出去走走。

这时候，最容易去的地方就是图书馆了。

首先图书馆不用花钱，也可以不被人打扰，一个人安静地度过。而且还能借到喜欢看的书或杂志，自由自在地阅读。对于没事干的退休者来说，是最容易去的地方了。

所以，图书馆里才聚集了如此多的老年人，但这一现象的背后隐藏着很多缘由。

除了图书馆，现在老年人聚集的地方还有大型超市和百货店。

特别是在上午,经常能见到有老年人坐在超市楼梯旁的椅子上休息。但是,他们大多不买什么东西,给人感觉就是在那里闲待着。

此外,上午的百货店里也有许多老年人,好像有的人每天一开店就进来。

有一位老年人诚实地告诉我,如果刚一开门就进来的话,店员们会一起向你鞠躬,觉得特别愉快。据他说,卖领带的柜台也让他很快乐。

一去那里,马上就有年轻女性过来搭话:"您觉得这个花纹怎么样啊?""很适合您哦。"等等。

但是,如果为了这个经常去的话,店员就会露出厌烦的表情。确实,什么也不买还总去,挺招人烦的。

还有一个老年人多的去处,就是食品大卖场。老年人在这里可以悠闲地散步,还能随时试吃食品。

据说其他容易去的地方还有公园的长椅啦,各种展览会啦,以及美术馆等等。其实,相比之下,老年人还是在家里待着更舒适。

那么,为什么他们不在家里待着,非要出去转悠呢?而且是在图书馆和百货店,甚至超市里闲逛呢?

在这一表象的背后，似乎存在着退了休的丈夫和每天面对他们的妻子之间的对峙。

刚退休的时候，妻子为了慰劳丈夫多年来的辛勤工作，每天按时准备三餐。但是过了一年半载之后，妻子就会对每天在家里无所事事的丈夫感到厌烦了。

丈夫也是一样。他们发现，妻子频繁地煲电话粥，没完没了地看无聊的肥皂剧，而且经常出去玩，于是越来越不能容忍了。

一直以来都是妻子向丈夫询问："晚上几点回来呀？""回家吃晚饭吗？"现在完全反过来了，变成丈夫向妻子发问了。

"你去哪儿啊？""什么时候回来啊？""我的晚饭怎么办啊？"类似的问题接踵而来。妻子回来得稍晚一些，丈夫就生起气来："你到底去哪儿了？！"

这样的事情多次发生之后，妻子就对常年待在家里的丈夫厌烦起来，对丈夫说出"你也出去转转吧"这样的话来。

不幸的是，丈夫根本无处可去。如果能再次就职也行，可工作哪有那么容易找到呢。

如果有什么爱好也好，能和工作之外的朋友出去玩，可惜也没有。

结果,他们一大早就被妻子轰出了家门。

可是又不知道去哪里,所以他们就琢磨什么地方既不花钱又好待,结论只有图书馆或者百货店了。

这就是所谓退休流浪汉的悲哀。

丈夫退休以后,就拿不回工资了,对于很多妻子来说,只不过是个给她添麻烦的人,真是可悲。

作为丈夫,应该好好想想这些情况,考虑考虑怎样和妻子融洽相处。

从此往后,就是"幸福达人"的实践篇了,但实践是出乎意料地难。

描写退休生活

前些天,《孤舟》由集英社刊行了。

这本书是以退了休的、所谓团块世代①为主人公的。我之前写过各种小说,但是将这个年龄段的人作为主人公还是头一回。

我之所以想起写这本书,是想借此机会探究一下退休后的男人们的生活方式、真实心声,和朝夕相处的妻子以及孩子们之间产生的各种各样的问题。

产生这个念头的最主要原因,是我自己上了年纪。

---

① 团块世代:专指日本在 1947 年到 1949 年之间出生的人,在这一时期,日本出现二战后第一次婴儿潮。

现在我已经年过75，所以经常接触一些和我的年纪差不多的老年人，比如退休10多年的编辑以及从一般企业退下来的人。

所以，我很明白这些人的生活方式和想法，也非常理解他们。

现在我才发现，作家是无法把超越自己年龄的，或者说自己还没体验过的年龄段的人们写进小说里的。

当然，不重要的角色或局外人是可以描写的，但是把他作为主人公，刻画出其内心深处的东西，是不可能的。

实际上，迄今为止发表的众多文学作品中，以大于作者年龄的人物为主人公的作品几乎不存在。

在日本文坛，即便是直到高龄还在写小说的谷崎润一郎，也是在73岁时写成《疯癫老人日记》。

由此可知，大部分作家是写比自己小的男人女人，把年龄超过自己的人作为主人公来描写是非常困难的。

这一点也适用于演员，演员也几乎从不演比自己年龄大的角色。

这么一写，估计有人会质疑："歌舞伎不就是年轻演员扮演老年人吗？"不过，像歌舞伎这种角色模式固定的艺术形式除外。

但是，如果模式不固定，必须靠演员来把握角色的话，要想演好从未体验过的年长主人公就非常困难了。

实际上，到了像森光子①女士这样的高龄，就算是演女人的一生也不在话下。但是，要想让一个20多岁的女演员来演老婆婆，就近乎不可能了。

总之一句话，写作或表演还没体验过的年龄的生活是很困难的，不到那个年龄就不会懂得的事情多得数不清，而且大多数人也没有自信能写好或演好吧。

尖锐地指出上述问题的，是室町时代的"能"剧艺术家世阿弥②。

这位杰出的"能"剧表演者在其著作《风姿花传》③里，一针见血地指出了在表演的时候应该注意的地方。

当然，这本书是世阿弥收集整理的，内容大都是世阿弥和

---

① 森光子：1920-2012，原名村上美津，日本女演员。代表作有《放浪记》《可笑的女人》等。曾获得紫绶褒章、日本文化勋章。2009年获国民荣誉奖。
② 世阿弥：1363-1443，日本能剧剧作家、表演艺术家和戏剧理论家。
③ 《风姿花传》：世阿弥所著的能剧理论书。这部书是世阿弥留下的最早的作品。此书以世阿弥亡父观阿弥的教导为基础，加上世阿弥自身对技艺的理解著述而成。

父亲观阿弥之间的对话。在世阿弥问到演绎老年人时需要注意的地方时,观阿弥是这么回答的:

　　首先,在扮演老年人的时候,需要注意"老年人的年轻动作",虽说演的是老年人,但不能动作迟缓,也就是说不能太老气横秋。相反,应该是越老越好动,看上去像个老小孩似的,结果经常会踉跄或摔倒。这才是老年人的行为举止。

　　这是多么有见地啊。真是入木三分。

　　确实,年轻人在扮演老年人的时候,往往会模仿老年人的样子,也就是像老年人那样动作迟缓,但这样并不能演出真正的老态。正相反,以装嫩的动作来表演,才是地道的扮老。

　　实际上,人是越老越爱装嫩,越虚弱越爱逞强,越无知越爱显摆,这些行为在日常生活中随处可见。

　　一般来说,大家都认为年龄增长是一件很令人心情沉重和焦虑的事情。

　　这的确是不容置疑的事实,但也不见得都是坏事。正因为年龄增长了,人才能分辨各种事物,渐渐明白事物的本质。

　　这次,我能写出《孤舟》这样以退休的丈夫和他妻子为主人公的故事,也全是拜年龄增长所赐。

如果我还是50多岁的话,可能就写不出这么真实的故事。不,绝对写不出来。

在这个意义上,作家年龄增长或许并不是坏事。不仅如此,以后说不定我还能扩大范围,生动真实地写出60岁以上的老年人的故事。

不不,不只是作家,编剧、制片和演员也是如此。步入老年的人增多了,一定会推出更多令成年人满意的电影或剧作,观众也会增加的。

我不太喜欢用"老年人"这个词语,但是有很多我们这个年纪的人在感叹,能让我们看得舒心的东西实在太少了。

为了写出令这些人满意的作品,今后我也必须随着年龄增长,去体验各种各样的事。

因此,我要怀着对未来生活的好奇心生活下去。但是,以后还能有多少精神头投入写作,我心里也没有底。

享清福却百病生

为了写《孤舟》这本书,我采访过几十位60多岁的退休者。

于是,我弄清楚了一件事,那就是相当多的人在退休以后,患上了各种各样的疾病。

为什么退休以后,很多人会得病呢?

当然,退了休的大都是60岁以上的人。他们都过了花甲之年,到了这个岁数,体弱多病也很正常。

但是,说起来60岁还算年轻。2011年男性的平均寿命是79岁。从60岁退休算起,还有将近20年的活头,如果不能活得精精神神的,可是个麻烦事儿。

一般来讲,退休后用不着去公司了,可以在家享清福。早上睡到几点都没人管,白天想做什么就可以做什么。当然,晚上也可以想几点睡就几点睡。

这样看来,比起上班的时候来,体力上应该轻松得多了。

可是,为什么突然生病的人会越来越多,而且很多都是严重的病呢?比如说,各种癌症、各种内脏和消化系统的疾病,甚至脑出血和脑梗死等,患上的净是退休前想都没想过的病。

于是,很多人就会问他们"你是不是工作太累了?""你是不是太逞能了?"等等,但绝大多数的人既没有逞能,也没有太累。

非但没有太累,简直是闲得无聊。为何疾病还会找上门来呢?很多人自己都不明白,这到底是为什么。

即便如此,在退休后的5年之内,我感觉有六七成的人得过某种疾病。幸而绝大多数人治好了,但有不少人因此突然对自己的身体失去信心,对未来的生活感到不安。

生存意义的缺失,是几乎所有退休者的共同感觉。

有的人说,虽然在退休之前,别说好好休息了,就连睡觉的时间都没有,但那会儿有着在第一线工作的充实感。

可是退休之后,从所有的工作中解脱出来了,变得无事可做了。

这样一来,他们觉得自己已经从社会的第一线退出,不再被企业和人们需要了。不正是这种不被需要的丧失感和生存意义的缺失,让退休的人们失去了精气神,患上各种各样的疾病的吗?

我这么一写,可能有相当多的人会反驳:"哪有你说得这么邪乎啊?虽说没有了生存意义,也不至于患上脑疾和心脏病什么的呀。"

请耐心听我说。心情的好坏,会在很大程度上影响我们的身体健康。

实际上,所有的血管上都依附着神经,神经状况的好坏直接导致血管变粗或变细,进而影响血流的顺畅与否。

如果人老是闷闷不乐、心情抑郁的话,从脑部到内脏,全身各个部位的血流都会变得不畅通,导致血管末端出现阻塞,由此产生新的病变。

经常保持开朗的心态、积极面对生活的人就很少得病。与此相反,一天到晚郁郁寡欢的话,病魔就会老来光顾。所谓病由心生,就是这个理儿。

经常会碰见那种张口闭口"忙死了,忙死了"的人,整天马不停蹄地忙这忙那。甚至为了强调他很忙,还特意给人展示他的日程排得满满的记事本。

遇到这种人,人们会不安地想:"忙成这样,受得了吗?会不会因劳累过度而病倒啊?"但是,很少听说过这种人倒下或生病。

为什么他们没事呢?虽然不可思议,但你如果仔细观察这类人,就会发现他们都很愉快。他们嘴上抱怨繁忙,其实是乐在其中,有时甚至显得很自豪。

说到底,他们是心甘情愿这么忙碌的。对于自己现在有这么多的工作要做,能够为社会做贡献,他们感到很满足。

而且,这种繁忙和精神紧张一起让生存有了意义,全身的血流和代谢都变得愈加活跃,身体状况也朝着健康的方向发展。

如此看来,你就会明白,对人类来说,生存意义和工作意义是多么重要了。

前几天,我听一个外科医生说,越是忙忙碌碌、闲不住的人,就越不会患上大病,即使得了病也容易治好。哪怕得了癌症,复发率也比较低。

综上所述,可以说,男人,特别是退了休的男人,首先需要找到可干的事,找到生存的意义,这才是最好的养生方法。

希望退休者不要忘了我上面说的话,努力使自己保持积极向上的心态。

退休制度的残酷性

近一个时期,关于男人退休后的生活,也就是60岁以后的生活方式,我思考了很多。

我脑海中经常浮现出来的是工薪族的身影。仔细想想,这个职业还真是个奇妙的职业。

"工薪族"这个词语被人熟知并使用,也就是近五六十年的事。

五六十年以前,特别是让二战前,"工薪族"这个词还没有被人们广泛使用。

在那个年代,男人们从事的几乎都是第一产业,也就是农业、水产、林业等,要不就是建筑业或者商业,以及木工等需要技术的职业。

这些职业有一个共同点,就是孩子们很容易知道自己的爸爸是干什么工作的,因为孩子们随时能够看到爸爸每天在干什么。

而且最重要的是,这类工作没有退休一说。

实际上,农业之类,只要自己还能干得动,干到多老都没有问题。即便是干不动了,也能凭着自己多年累积下来的经验指导儿子或者年轻人。

同理,建筑工人和木工们也能靠着自己的手艺吃饭,只要手脚还能动,就可以一直工作下去。

因此,过去老年工匠能够靠着多年积累的经验和技术,位居年轻工匠之上。就是说,越是上了岁数的人,就越宝贝。

可是在当代社会中,工薪族成为主力军。大部分城市劳动者加入了这一行列。除了他自己,别人越来越不清楚他干的是什么工作了。

实际上,现在几乎所有的小孩,都知道自己的爸爸每天一大早就出门上班去了,但是知道爸爸是做什么工作的,就少得可怜了。

过去,在四五十年前,工薪族这种职业是个令人憧憬的时髦的职业。

这个词汇,象征着身穿漂亮的西装,飒爽英姿地走在大城市街头的男人们。

于是,众多年轻人都憧憬起大都会来,梦想着自己能变成工薪族,坐在漂亮的大楼里工作。

正所谓工薪族的时代到来了,人们认为这就是新时代的新职业。

这种想法一直延续到了现在,基本上没怎么变。

但是近年来,我逐渐意识到,这里面存在一个意想不到的陷阱。

首先,所谓工薪族的工薪就是指工资,那么工薪族也就是靠工资生活的人。

维持生活最重要的工资每月由公司支付,可是到了某一时刻,工资就会被停止支付。

这就是我们所说的退休,现在大都从60岁开始,最多也就延长四五年。

仔细想想,这真是残酷的规定。

特别是对于男人来说,退休就等于被宣告:"对于公司来说,已经不需要你了。"而且是完完全全的退休。

不知是福是祸。第一产业并没有此类退休,对于工薪族来说,却存在一个明确的工作期间,这就是问题所在。

对于普通的工薪族来说,最为残酷的就是,60岁退休有点儿太早了。

在退休制度刚开始广泛推行的年代,大家都认为,人一到60岁,就体弱多病,只能待在家里了。

如今60岁已不算是老年,完全可以精神头十足地工作呢。

然而,退休制度竟然以退休为名,将这些健康男人的工作夺走,把他们赶入没有工作的境地,让他们情何以堪!

而且,这些被半强迫地夺走工作的男人们完全不知今后该如何度过余生。

现在的男性,平均寿命为79岁,退休后还有近20年的岁月。

在这么长的岁月里,他们要整天待在家里,妻子让他们干活,他们也不可能马上就学会。然而由于实在没有地方去,只好窝在家里时,又会与妻子发生摩擦,导致被妻子厌烦。

想出去找个工作吧,可是一辈子都在重视上下级关系的公司里工作的人很难找到新的工作。

再加上,由于只靠退休后的养老金生活,零花钱也少得可怜。

万般无奈,只好整天无所事事地宅在家里,孤独地打发日子了。

像上一章所写的那样,退休后感到没有生存意义,患上各种各样的疾病,就是这种情况造成的。

如此看来,没有比工薪族的退休制度更残忍的了。

在以前的工作中积累起来的经验没有用武之地,而开始新工作又近乎不可能。

唯一可做的,就是和妻子和睦相处了,但是这件事也不是所有人都能轻松做到的。相反,由于一天到晚低头不见抬头见的,夫妻之间往往会产生许多摩擦。

那么,工薪族到底是什么呢?

可以说,现在到了应该从根本上对工薪族和退休制度进行重新考量的时候了。

迎来喜寿的心境

我迎来了喜寿①。

我这么说,可能很多人一下子没有反应过来。

我是说我迎来了 77 岁生日,这当然不算什么新鲜事了。但是,能够活到 77 岁,连我自己都感到很意外。

没想到我居然能活到这个岁数。这么说显得很假,但说实话,我从来没有认真想过。

当然,在这几年里,我也曾想过,快要到喜寿了。但由于我一直对自己说"还早着呢""还有几年呢",所以,总觉得思想准备没有做好。

不知用这样的心情来迎接喜寿,是不是合适?

---

① 喜寿:77 岁,因"喜"字的草书近似竖写的"七十七",故名。

说到喜寿,正如其字面意思,是指令人欣喜的年龄。按理说,没病没灾地活到这把年纪,应该感到特别高兴才对。

可是,对于这一天的到来,我却说不上来是什么心情,似乎既感到开心,又有些不开心。

说起来,各年龄段的贺寿之时,差不多都是这样的心境吧。

比如60岁的还历①。到这岁数时,几乎所有人都还很有精力,甚至有人因为快到还历了,还打算再干点什么。

但与此同时,也有人会觉得到底迎来了还历之年,多少有些失落。

可以说,有人欢喜有人忧吧。

接下来就是70岁的古稀。我以为人们会更加忧郁,其实并不见得。

尽管也会感慨"都活到这个岁数了啊",但也不能说一点不想褒奖一下活到70岁的自己。

对于现在到来的这个喜寿,我是喜惊参半。或者说,惊多于喜,才是我的真情实感。

我查阅了一下关于各个年龄的贺寿语,还真不少呢。

---

① 还历:也称花甲、还甲、回甲,指年龄满60岁。

这次的喜寿之后,是 80 岁的伞寿,然后是 88 岁的米寿。之后是 90 岁的卒寿以及 99 岁的白寿。再往后还有 100 岁的上寿。

按照书里所写,后面好像还有 108 岁的茶寿、111 岁的皇寿等。可是,我只听过有人庆祝上寿,可见活得比上寿更长的话,就不值得庆祝了吧。

不对,不是这样的,应该说几乎没有人活得比上寿更长吧。

即便如此,每个贺寿语都取了个既优雅又好听的名字,但是活到这些高寿的人们又怀着怎样的心情呢?

比如卒寿吧,光看字面的话,不能不说给人一种人生旅途已经结束的感觉。

只是活到这么大的岁数,能为自己贺寿的同龄人大都已经不在了吧。

不仅如此,贺寿活动的主人公或许在想,我是应该开心呢,还是应该惊讶呢?

总之,到了这个年龄,比起寿星来,主角倒是为他贺寿的人吧。不,寿星大概会顾虑给大家添麻烦吧。不对不对,到了这个岁数,恐怕寿星连顾虑别人的心情都没有了吧。

除了上面说的对长寿的雅称，年轻时也各有其相应的别称。

比如说 15 岁为志学。不用说，因为这个年龄是最应该一心向学的。

20 岁是弱冠。接着是三十而立，四十不惑。之后是五十知天命，六十而耳顺。

这些都是古语，所以会感觉与当代社会有些不大吻合。

说是四十不惑，但是现在 40 岁的人不正处于迷惑当中吗？

还有，50 岁岂是知天命之年，说不定是一个准备开始干事业的年龄呢。

话虽如此，到了喜寿，年龄增长到这份儿上，难道就没有一点儿值得高兴的事吗？

于是，我仔仔细细地想了个遍，想起了一件高兴事，就是可以写进小说里的人物的年龄范围又扩大了。

貌似不可思议，却是理所当然的事，那就是作家只能写出低于自己年龄的人物。

不用说，小说最重要的就是真实感和细节描写，这两样不合格的话，小说就不具有任何意义。

因此,50多岁的作家自然写不了60多岁的主人公,60多岁的作家也自然写不出70多岁的主人公来。

这次,我之所以把60多岁的男人作为《孤舟》的主人公,是因为我已经活到了70多岁。就是说,由于年龄的增长,我可以写这个年龄段的主人公了。而且以后不止60多岁的了,70多岁的主人公我也有可能描写自如了。

这么说,以后我得好好写写还不曾有人写过的70多岁的男人了,而且要把他们描写得特别憨态可掬。

比如说,70多岁的老年痴呆者,或装作老年痴呆,拼命追求女性的老年人。描写男人不应丧失的强悍和滑稽。

如果能写出这样的小说,喜寿就称得上是值得庆贺和迎接的年龄了。

不过,我真的能写出来吗?

孤舟族的生活方式

《孤舟》出版之后,对于退休后的夫妻相处之道,我听到了来自不同方面的人的看法。

前几天,我还在某杂志的访谈栏目中,跟几位丈夫退了休的家庭主妇对了话,感觉她们对男人真的是很严厉。

其中一位居然嘟哝了一句:"真是没错,男人一退休,就没什么用了。"

不只这一句,她前后还说了些别的话,中心意思就是,男人(丈夫)退休之后,拿不回工资了,就相当于没用的废物。

的确有一个词叫"产业废弃物",但是在现实中妻子这样说自己的丈夫,实在是太严苛了。我想,她难道不能说得再委婉一点儿吗?但是很遗憾,这种盛气凌人的妻子确实存在。

实际上，到了 60 岁就退休的男性大多数整天待在家里，一到早中晚的饭点就对妻子说一句"喂，开饭"，吃完以后便回自己的屋子去了。

妻子希望他帮着干点儿家务活，可是他们一干活，就弄得乱七八糟，反倒更添麻烦了。

想让他们帮着看看孙子，他们也照样做不来。让他出去转转吧，他就知道朝你要钱。

"总之，离开公司以后，就没有什么朋友了，老是孤零零一个人，真是够可怜的。"听了这话，我不由得点了点头。

可不是嘛，上了岁数的男人的确很可怜啊。

让我们换一个视角，去看看自然界，特别是动物界，就会发现这句话变得更加真实了，令人不可思议，或者说让人不寒而栗。

首先，看看百兽之王狮子，它们是由十几头狮子组成狮群，共同生活的，也就是所谓的群体生活。但是，其中最威风凛凛的，当属作为狮群首领的雄狮。

在这个首领的带领下，几头雄性下属及众多母狮还有小狮子们，共同组成了这个狮群。

但是，在狮子的世界里，最勇猛的雄狮从不捕食。一看它们的模样就知道，雄狮硕大的脑袋上全是鬃毛，导致上半身过重，无法飞快奔跑。因此，捕食就成了头部较轻的母狮的活儿。

那么雄狮大王干什么呢？

雄狮大王为了自己族群生存的领地不被其他狮子侵犯，要经常巡视边界，以保证领地安全。

托大王的福，只要身处领地之内，无论母狮还是幼狮，都很安全，生活也能得到保证。

但是，这种狮群会不断受到外来狮子的挑衅。那是些年轻力壮的雄狮，它们日日徘徊在狮群周围，某个时候会突然发起挑战，于是一场殊死格斗便开始了。而此时，母狮们只是袖手旁观。

激烈的战斗结束后，如果狮王把入侵者赶走的话还没事，可如果狮王输了，就大事不好了。一直统领狮群的雄狮和几头下属雄狮就要被狮群驱逐出去。

这时候，令人惊讶的一幕出现了，过去和狮王交配过，还生了几头小狮子的母狮们，竟然无动于衷地目送它们远去。

母狮们仿佛在说："失去了地位和能力的雄狮，不要也罢。"这是母狮们冷酷无情吗？

这样被赶出狮群的雄狮们只好在草原上游荡,自然捕不到猎物,也得不到任何帮助,最终只能暴尸荒野。

在草原上,经常能见到这种打了败仗的雄狮死在大石头的背阴处。

雄性动物的命运可谓充满危机,或者说是非常可悲。与之相似的冷酷无情在其他动物身上也经常能够见到。

比如螳螂,据说雄螳螂会在性交之后被雌螳螂吃掉。

雄螳螂们在拼命去爱之后却被对方吃掉,不是太可怜了吗?

由上面所说的动物世界可以知道,雄性使雌性怀孕之后,如果不能守护它们的话,等待雄性动物的就是立刻被赶走的命运。

我无意说"和动物界一样,在人类的世界也……",不,是不想这么说。

但是,随着年龄增大,逐渐失去力量的雄性,或者男性,仿佛都背负着同样艰辛的命运。

尤其令人类中的雄性苦恼的是,退休后,失去旺盛精力的他们还有很长的一段路要走。

2011年日本男性的平均寿命为79岁,所以还有将近20年的时间。

这么长的时间,他们该怎么度过呢?

不用说,他们最需要的自然是经济的宽裕,但并不一定所有人都能确保得到这样的条件。即便能够得到,又该如何积极地生活下去呢?

此时他们需要做的,就是和妻子搞好关系。

现在的妻子们,也就是女性,平均寿命要比男性多7年,加上结婚年龄比丈夫小几岁甚至更多,所以在丈夫死后,她们还能活10到15年。

如何与这么强势的妻子和睦相处,愉快地生活下去,就成了进入晚年的男性们面临的最大问题。

但是,男人和女人根本就是不同的生物,二者能够友好地生活在一起只是在他们之间还有爱情的时候,所以这还真是个难题啊。

第 2 部　F君的退休生活

F君退休后的苦恼

到了60岁,退出工薪族后,F君得以重新审视工薪族这一职业。

"工薪族"这一称谓扩散至日本全国,是二战后过了10多年的时候。在那之前,"工薪族"这个词还鲜有人用。

当然,那个年代的日本男人也有工作,但大多数是从事所谓第一产业,即农业、林业、渔业等。

工薪族与第一产业之间的最大区别就是,若是从事第一产业,其工作内容和成效是明摆着的,而工薪族的工作,往往连他们的家人都不一定了解他们在干什么。

拿农业来说,春天插秧,秋天割稻,收获大米。其他农作物的成熟情况也可以逐渐知晓，并且能够预测出当年的收成。

渔业就更不用说了，一看见每天从海上返航的渔船就知道了。而从事第二产业——制造业的人，做什么工作也可以一目了然。

但是，若问到工薪族爸爸或丈夫在公司里干什么，家人就一无所知了。

倘若去公司听了有关他们工作内容的说明，还能明白一些，但是就连这些内容，每天也会有所不同，家人往往也听不明白。

所以说，工薪族的工作不单家人不了解，就连他们自己也预测不了未来的变化。

当然了，如果告诉家人"这种工作就是这样，就这么理解吧"，家人也无可奈何。这份工作给家人的印象，只是一种游离于家人的视线和现实感之外、单纯为了挣钱的作业。

话虽如此，工薪族的工作也蕴含着其特有的时尚感和魅力。

首先，作为一个工薪族，每天都要身着漂亮的西装出入写字楼。

他们坐在写字间里，使用电脑办公，往电脑里输入数据。

还会与各种各样的人见面、谈判,不断签下合约。

这些工作内容无不具有现代感,非常潇洒。实际上,这种工作是典型的城市化的职业,不再像第一产业那样卖苦力,衣服肮脏不堪。

看上去,他们都是十分干练的人才,衣着优雅,从事着最新潮的工作。

工薪族这一职业在都市中遍地开花,自然吸引了无数的人,殊不知其背后隐藏着重大问题。

那就是"到了60岁左右一律退休"。

顺便说一句,这种规定在农业、渔业等第一产业里是不存在的。从事此类职业,即便超过60岁,只要你还想干,再接着干也没关系。

但是,只有工薪族是全日本一盘棋,必须在60岁前后离开工作岗位。

这是为什么呢?首先,一般来讲,一直坐着办公,基本上不用起身的管理工作和行政工作,如果本人还想继续干的话,再干个5年或10年也没有问题。当然,因人而异,也许有的人超过70岁还照样能工作呢。

但是,这样下去的话,人事就会停滞,创新的风气也会消失,公司的经营就可能趋于恶化。

为了不陷入这种恶性循环,大多数公司把60岁定为退休年龄,有的单位将50岁后半期的职工挪到闲职,以规避人事的停滞。当然这不属于惩罚性处理,只不过是作为工薪族必须接受的一种社会待遇而已。

不言而喻,60岁退休还蕴含着对工薪族辛勤工作至今的慰问和褒奖。对所有的退休者,人们都会说"您辛苦了""太不容易了",来感谢其一直以来的辛勤付出,并送上各种礼物。

看到这些情况,也就能明白60岁退休是从人生第一线的光荣撤退,也是开始悠闲养生的推手,还是希求安稳的老年生活的契机。

从这个意义上来说,迎来退休年龄,应该不是什么不利的事。但是,几乎所有的工薪族都讨厌退休那天的到来,想方设法延后退休的时间。

这又是什么原因呢?原因太简单了,简直不用在此赘述,因为在退休的同时,他就与曾经工作的公司隔离开了。

失去一直以来从事的工作,也就失去了同事和其他在工作上有联系的人,感到自己与社会的联系被切断了。

而且,每天不再去公司上班了,生活状态变得与之前截然不同。再加上每个月不再领工资了,成为所谓靠养老金过活的人。随着这些变化,生活本身不能不发生巨大的改变。

不用说,与此同时,曾经每个月上交工资的他们和妻子之间的关系也会发生改变,而他们在孩子们心中的威信也会下降。

那么,他们该如何应对这些变化,尽快熟悉新的生活呢?

伫立在这充满未知数的世界的入口,F君对于今后的退休生活陷入了深深的不安。

事与愿违的自由

退休以后,最不适应的,自然是退了休的当事人F君,但面对退休后的F君,家里的妻子似乎也非常头疼,不知如何应对。

首先,退休以前,每天要去公司上班的F君一向都是早走晚归,几乎不在家里。妻子即便询问他什么时候回家,也很少能够得到准确的回答,在家吃晚饭的日子屈指可数。

而现在,老公从早到晚哪里也不去,整天待在家里。这样的话,妻子不知所措也是情有可原的。不对,应该说F君本人更加不知所措。

早上起床以后,F君洗完脸,"该做什么呢?",心里虽然这么想,却没有地方可去。

退休以前,"今天早上去上班,先和某某某会面,之后做某某事,然后再去某个地方……"。就这样,他的脑子里会一个接一个地浮现出要干的事情,可现在什么事情也没有。

对了,我已经退休了,自由了,不用再像以前那样整天忙于会议和商谈了。从早到晚可以想干什么就干什么,想去哪儿就去哪儿了。

这就是我这 60 年人生的近 2/3 一直在勤奋工作的结果,是好不容易得来的自由啊。

F 君想到这儿,做了一个深呼吸后,对自己说:

"以后我可以做自己想做的事情了。"

但是,不知为何,他总是感觉心情平静不下来。

与其说要享受好不容易得来的自由,不如说是由于某种不安而平静不下来。

退休以前,F 君早上起床后,马上就换上西服,匆匆忙忙去餐厅,坐在餐桌前,三口两口吃下妻子急忙准备好的早餐之后,穿戴整齐,走出家门。然后,F 君一溜小跑到车站,登上和往常一样拥挤的早高峰车,拽着皮革吊环,望着车窗时,他的头脑才渐渐清醒了。

无论是电车的拥挤程度还是周围乘客的面容,都和往日差不多。虽然也会看到比较好看的女人,但也不过是多看两眼而已,激不起他什么兴趣。

总之,他就是这样直奔公司,开始一成不变的一天。

这样日复一日,实在是烦透了,他不止一次地这么想过。所以,一想到从今往后可以随心所欲了,就觉得真是太美好了。展现在自己眼前的,应该是一派无比幸福的景象。

尽管F君对自己这么说,但是这些话并没有变成快乐涌上心头。

"可能是还不太习惯吧。"

即便人家告诉他"你的时间很充裕,想做什么都可以",他似乎也很难投身到那自由的时光里去。

或许每个退休者在迈出这第一步时,都会不知所措,会摔跟头吧。

如此想来,退休制度真是不可思议又奇妙啊。

在那之前,他们不断地被要求努力再努力地工作,从早到晚在公司里闷头苦干。但是,从某一天开始,突然被告知,以后不用再来了。

年轻人姑且不论,到了60岁,突然被迫接受这么巨大的生活改变,不是太残酷、太无情了吗?

试问有多少退休的人能够顺应这种变化呢？几乎所有的男人或丈夫们都会在退休后迈出第一步时摔倒，F君也为自己的现状再次发出一声叹息。

首先，要从以往以公司为中心的跑外生活整个转换为内闭的家庭生活。

为此，自己的房间就是必不可少的了。

以前，公司里自己的座位就是自己的房间和空间，就是自己的"家"。但是，以后公司里没有自己的座位了，所以必须在家里弄一个自己专属的空间。

这个空间必须可以让自己从早待到晚，白天不必说了，晚上也要在里面睡觉才行。因为几乎24小时都待在家里，所以需要一个自己的地盘。

迄今为止，他都是给孩子们单独的房间，可是现在，自己退休以后，也需要拥有自己的单间了。

幸好F君一直拥有自己的小房间，只是小得放一张床就快满了，没有桌子也没有椅子，此外就是旧大衣柜、收纳箱等杂物了。

他先把这些杂物清理出去，摆进桌椅，使之成为自己的房间，即自己的"堡垒"。

以后就蜗居于此,只在吃饭、喝茶时去饭厅。

在那里会见到妻子,既然照了面,两个人总得说点儿什么。

他们先互相问候"早上好",然后说说天气,今天天气冷或是天气热之类的。然后说说有关吃饭的事:"早饭吃什么?""午饭吃什么?""晚饭几点吃?"

就连这种对话也不一定总能顺利进行。刚开始还好,时间长了,妻子的回答就渐渐变得冷淡了。诸如"我事先给你做好,可以吧?""对付着吃冰箱里的吧!"等等。

妻子对于从早到晚几乎不出门的丈夫可能也逐渐感到厌烦了。

这也属于工作了近40年换来的自由,这么说也不为过吧。但不知怎么,F君总觉得与之前期待的自由似乎大相径庭。

每月的零花钱

退休之后,时间多得没处打发,因而获得了充裕的闲暇是毫无疑问的。时间现在确实完全由自己掌控。

那么,今后用这些空闲时间做点什么呢?

F君这时才发现,手头没有什么可支配的钱。

没退休以前,F君就一直怀揣着一个梦想,那就是有朝一日不用受时间的束缚,自由地去旅行。

无论是日本国内还是国外都可以,想什么时候去就什么时候去,想去什么地方就去什么地方。

"是这样想的吧?"

F君问了自己一句:"那就……"当他想要朝着多年的梦想迈出第一步的时候,突然发现自己囊中羞涩。

钱包里别说1万日元了,连5000日元都没有。这样的话,甭提去国外旅游了,连日本国内,不对,就算是去附近的小酒馆都不够花的。

说实话,以前F君的荷包也没怎么鼓过。

这是因为他还在公司工作的时候,不太需要花钱。虽然经常和工作上的合作伙伴或同事出去吃饭喝酒,但花的大都是公司的钱,也就是公款。

当然,F君是普通职员的时候还不是这样。随着他在公司地位的上升,可消费的公款也随之增多,几乎不用花自己的钱了。

打高尔夫什么的也经常花公司的钱请别人打,或者被别人请,一般不用自己花钱,F君对零用钱自然也不那么关心。

也许是因为这个,F君的工资几乎是全额交给了家里。

现在看来,这是极大的失策。这样一来,自己手头根本没有多少活钱,什么也做不了。不,应该说他一直觉得不做什么也可以,而不是没什么事可做。

"喂,你给我坚强些。"事到如今,F君只有告诉自己,"你已经不上班了,所以交际费完全变成零啰。"

这都得怪自己,一向都是把工资全部上交给妻子,也真是傻到家啦。做出这种傻事的,可能只有日本的工薪族。

从前,我和一个美国男人聊过这个问题。他说,工资一般都是留够自己需要的钱,剩下的再交给妻子。这样确实比较合理,因为只有这样才能让丈夫保持自立。

可是,丈夫若把工资全额上交家里,再拿出其中一部分作为零花钱的话,那就跟儿子每个月向妈妈要零花钱没什么两样了。

不对,就连儿子有了工作以后,绝大部分工资是自己掌握、自由使用的。

"这样下去可不行啊。"

F君现在后悔了,但为时已晚,或者说来不及了。

照现在这种状态下去,以后会怎么样呢?不用说,除了向妻子要零花钱,没有别的办法了。

但是,妻子很精明,或者说早就防着这一手呢,告诉他:"以后你得省着点儿花了。"

妻子并没有明确给F君多少零花钱,但是她说,有个朋友的丈夫退休后每个月的零花钱是3万日元。

听这意思,我的零花钱也是3万日元了?岂有此理,那点儿钱,一个月连1次高尔夫都去不了。

"岂有此理……"

确实,同事们几乎都认为,把工资直接打到家里的账户上是丈夫应该做的。

F君认为,鸡毛蒜皮的小事不多过问,工资一分不留全部交给妻子,这才是日本男人应有的男子汉风度,并对此深信不疑。

正是这种傻里傻气的男子汉风度,酿成了自己现在的被动局面。

当务之急是解决今后的零花钱问题。

第二天一早,F君就以后的零花钱问题跟妻子商量起来。

"你需要多少呢?"

妻子似乎早已有了心理准备,随口问道,于是F君反问道:"你打算给我多少?"

"5万日元如何?"

"5万……"

5万日元的话,平均每天才1500日元多点儿。

"你不是说笑话吧?"

"可是,听说邻居家的丈夫才3万日元哦。"

"邻居家的丈夫已经70岁了,我才刚刚60,还这么年轻,每个月才5万日元,连和朋友好好吃顿饭都紧张。"

听了这话,妻子不以为然地说:"在家里吃饭,不就用不着下馆子了吗?你以后哪儿都不用去了啊。"

话是这么说,可是这不像个囚犯了吗?未免太可怜了吧。

"我也想经常出门,见见朋友啊。"

F君打算和同样退了休的朋友聊聊天,偶尔跟年轻女性喝喝茶。他想以此为契机,好好享受生活呢。

但是,妻子毫不体会丈夫的这种心情,淡淡地说:"以后靠养老金生活了,得省着点儿花钱。"

妻子若无其事地唠叨着F君最不爱听的话。

退休以后才发现

有许多事，F君是退休以后才发现的。

其一就是，妻子其实常常出门，并不是那么老老实实待在家里的。

以前，F君一直是早出晚归，每天过着千篇一律的日子，所以他从来都没有想过妻子每天是怎么度过的。他只是觉得自己每天都出去上班，让妻子一个人守在家里，心里很是歉疚。

然而，妻子的真实生活似乎与F君想象的相去甚远。

他最先发现的是，妻子看电视的时间出乎意料地长。吃过早餐后，她也要看1小时的电视，不对，不止1个小时，而是一直坐在沙发里不动窝。

他并非觉得有什么不好，只是觉得妻子太舒服了。

另外,他还发现妻子经常出门。几乎都是快到中午的时候,妻子扔下一句"我出去一趟",就走人了。

刚开始时,他没有说什么,后来看妻子出去得太勤了,就问她去哪儿,妻子回答:和某某夫人约好,一起去某超市或者某酒店。

当然不像是去和什么男人幽会,但是她似乎有各种各样的主妇朋友,不是和她们去购物,就是在某个地方吃个便饭。结果,F君的午饭就成了"你凑合吃冰箱里的菜吧"。

F君终于忍不住盘问起了妻子:"几点回来?晚饭怎么办?"

刚开始时,妻子还认真地回答,三番五次被这样盘问之后,她就厌烦了,回答逐渐变成了"不用担心""等我回来做饭"之类的敷衍,甚至晚回来也毫无歉意。

这样一来,F君就和妻子的境况完全逆转了,因为过去每次F君出门时,都是妻子问他"几点回来啊?""在家吃饭吗?"等问题。

"真是的,把我当什么了……"

F君忍不住想发发牢骚,可是即便一吐为快,也只能是对自己不利。

小书房只有4叠半①那么大，放1套小桌椅和床就满满当当了，F君还往屋里塞了1个衣柜。说是衣柜，其实不过比整理柜稍微大了一点儿，在里面挂了几身西服。

退休以后，F君一次都没有打开衣柜，穿过这些西服，老这么挂着也挺浪费的。

他想偶尔穿上西服出趟门，遗憾的是没有可去的地方。去附近散步消磨时间，或者去超市买东西的时候穿西服，又有点儿太夸张了。

"你们也挺寂寞的吧？"

F君对着没有机会穿的西服，不禁自言自语道。它们都是上好的西服，为了一年四季都能穿，现在的西服质地几乎都很薄，每一件都很贵。

退休之前，他是大出版社的董事，所以不能穿太廉价的西服。

想当年，他经常得到公司女职员们的夸赞："F先生真是又时髦又潇洒。"可见，为了不辜负她们的夸奖，他没少在衣着上费心思。

---

① 4叠半：在日本，房间的面积是用榻榻米的块数来计算的，1块称为1叠，4叠半约为7.29平方米。

但是，这些都是过去的辉煌了。如今，它们已无用武之地，只能被塞进狭窄的柜子里，真是可惜可叹。

他想，要不然干脆送给在制药公司工作的儿子吧。可是先不说身高，就连肥瘦都完全不是一个尺寸，儿子乐意要才怪呢。

得想办法穿它们出门去。

F君想起最近要举办一个出版物纪念招待会，要不要去呢？

去参加当然没什么问题，但是自己已经退休了，还觍着脸去，别人会不会觉得自己还对公司依依不舍呢？

就这样，F君老是爱从消极的角度考虑问题，结果就越来越不愿意出门，不断陷入退行性变化中去了。

"喂，你要振作起来！"

最近一段时间，F君总是大声对自己说。

"你要积极起来，对任何事情都勇于去尝试才行。"

他在呵斥、鼓励自己的时候，觉得劲头十足，可是过后又泄了气，回到萎靡不振的状态了。

"我原来是个这么没用的家伙吗？"

他虽然不甘心，但现实是既没有适合自己干的工作，自己也没有重打锣鼓另开张的条件。现在的自己，不过是一介过了

60的半老男人罢了。这一现实把他所有干事的心气儿和魄力都夺走了。

尽管如此,这样下去只会越来越糟糕,必须得干点儿什么。退休的又不是你一个人。

F君想起了和自己前后退休的同事来。

他们都没有和我联系,不知现在怎么样了,是不是和自己一样也陷入自我封闭了呢?一想到这儿,他就情不自禁地想去拿电话。

转念一想,如果我主动打给他们的话,就仿佛在告诉他们,我现在过得不舒心,于是又缩回了手。

你也出去转转吧

近来,每天早上,F君都会自言自语:"今天去哪儿呢?"

每天刚一睁开眼,人还躺在被窝里呢,就发现自己又在嘟哝这句话了。

导致这种现象出现的直接原因,就是每天早上妻子都会说一句"你也出去转转吧"。

妻子的语气很自然,似乎只是随口一说。但是,退休以后,甭说去公司上班了,要见的主顾或要面谈的事情也没有了。

叫这种没事干的男人上哪儿去呢?

乍一听,妻子貌似是为丈夫着想,出于好意才这么说的。但实际上,她是因为丈夫天天在家,觉得"很烦"才说的。

F君曾无意间对妻子说过一些话:"你怎么又在看电视

啊！""你怎么老出去啊！"

他说这些话并没有责怪的意思，只是因为有点惊讶而发出的自言自语。但妻子一听，就不高兴了。

"你也出去转转吧。"这句话听起来像是在催促男人外出，但本意是想把唠叨自己的丈夫赶到外面去。这种意图实在太明显了。

"真烦人，别没完没了的。"

说实话，他真想顶一句嘴，但是这么一说，双方就有可能发展成吵架。

现在，自己没有工作，不想和妻子吵架。所以，F君只能默不作声了。

话说回来，到底去哪儿好呢？F君思考了一下，还是想不出有什么想去的地方。

他望了望窗外，天气晴朗。这样的日子，出去散散步应该挺舒服的。

但是说实话，他还从来没有想过去外面悠闲地散步。他一直以为一出家门就得直奔公司而去。

周末也是，只要不去打高尔夫，他就一定会在被窝里躺到中午。

只是漫无目的地在外面走,他从来没有想过这么做,所以也不想马上付诸行动。

不如去个从没去过的地方吧。

这时浮现在他脑海里的就是图书馆了。如果去那里的话,可以随意进去,待多长时间也不会被人赶出来吧。

但是,他抱着这种想法去了几次就有点儿厌烦了。

第一次,他是上午10点去的,本以为这个点儿没有人来呢,去了一看,图书馆里已经被所谓的大叔们占满了。他们大都是和F君差不多的60多岁的退休男人。

他们有的在看书,有的在看手机。更有甚者,在"请勿在此睡觉"的警示牌前,堂而皇之地趴在桌子上呼呼大睡。

这些男人莫非也是被妻子那句"你也出去转转吧"给轰出来的?想到这儿,F君意识到自己也会被人看作和他们一样,马上就没心情在图书馆里待了。

那么,有没有其他自己能去的地方呢?

他不禁抬头看了看表,刚过9点。

在上午这个时间段出门,能欣然欢迎自己的,也就是百货店或超市那样的地方吧。

特别是百货店,如果在刚开店时进去的话,店员们就会站成一排,对自己笑脸相迎,异口同声地说:"欢迎光临!"

他想起还没退休的时候,每天早上进入公司,职员们都会向自己问早上好,但这种场景已经好久没有出现了。

"好吧,上百货店看看吧。"

决定了之后,他立刻去了百货店。果不其然,店员们都微笑着迎接他。

"嗯,感觉不错啊。"虚荣心得到了满足。

F君走进了店里,可又不知该去哪儿。他犹豫着来到卖领带的柜台,马上有一位漂亮的女店员走过来,殷勤地问道:"您想买哪种样式的呢?"

"嗯,想看看颜色稍微亮一点的……"他含含糊糊地回答。其实他根本就没想买,所以也没有再往下聊。

他觉得老在一个地方转悠不太合适,又走向西服柜台,然后去了毛衣类的卖场,再转到箱包、鞋卖场等,这样转了刚1个小时,就厌倦了。

现在去哪儿好呢?他又思考了一下,去了地下食品大卖场,于是又遇到了许多老男人在那里无聊地乱转。

他们也是没有地方可去才来的吗?一想到这儿,他立刻担心自己也给人留下这样的印象，于是急忙逃离了那里。

然后去哪儿呢？干脆在公园的椅子上休息休息吧。可又一想，这么毒的太阳，怎么受得了啊。

要不然，去看个什么露天演出吧。可是事先也没有上网查一查，不知道哪里有。

"怎么办呢？"他问自己，也没有得到答案，最后还是走进了附近的一家星巴克。

在这里，他从妻子单方面规定的每月5万日元零花钱中拿出500日元，买了杯咖啡喝，看了看表，还没到中午呢。

偶遇过去的下属

上午的咖啡店里没有几个客人。

右手边靠窗户的高脚椅上坐着一个学生模样的男人,靠这边的桌子两侧坐着两位女性,再往里面的座位上,一个上了岁数的男人正抱着胳膊闭目养神。

在这种高级咖啡店里,只要肯掏四五百元,就是坐上一两个小时也没有关系。

现在自己也和坐在里面的那个男人一样,在这儿消磨着时间。

"看来他也退休了,闲得没事干。"

按说这种现象早就应该想到的,但是人往往不亲身经历就体会不到。

其实,退休以后有多么空虚无聊,他偶尔听前辈说过,以为自己已经很理解了。不光理解了,还认为自己到时候一定能够随遇而安,过得优哉游哉呢。

可是,一旦退了休,他才发现日子过得真是无法形容的百无聊赖。

"原来他也跟我一样啊。"

F君突然想和坐在里面座位上打盹的男人说说话。

"你也觉得特别无聊吧?"

面对他的问话,对方会做何回答呢?

可能会微笑着点头说:"是啊。"

但是,F君立刻意识到这么做毫无意义。

那个男的即使和他搭话,很可能也是闷闷不乐的,聊不起来。也可能没好气儿地说:"跟你有什么关系!"

虽然闲得无聊,自尊心却特别强,这就是退休后的男人们的普遍特征。

F君觉得能够理解那个人,但是仔细一想,这不正是自己现在的心情吗?于是乎,愈加消沉了。

F君慢慢喝着咖啡,想起了公司的娱乐室。

那个娱乐室很宽敞,足有会议室那么大,公司为退休员工配备了彩电,那里有新发行的杂志,还有围棋盘和将棋[①]盘。楼下还有咖啡座,想喝咖啡或茶可以让服务员送上来。

简直是一应俱全,条件超好,但是F君退休后一次都没去过娱乐室呢。

要问为什么不去,他也说不清。实话说吧,就是不想去。

不只是F君,和F君前后脚退休的男人们好像都没在那儿露过面。

其实那间屋子在F君退休之前,就鲜有人用。有人觉得娱乐室利用率那么低,太可惜,也太浪费了。现在,F君很理解人们为什么不去了。

是啊,上那种地方去,别人就会想:"他也是因为没地方去,太无聊了。"F君觉得很没面子。

"真是愚蠢的虚荣心啊。"F君被自己惊呆了,但转念一想,这或许算是自己仅存的一点儿自尊吧。

F君在咖啡店里一直耗到将近中午,然后走出店门,信步往前走,两条腿不由自主地朝着公司所在的骏河台走去。

[①] 将棋:也叫本将棋,一种流行于日本的棋盘游戏。

走到那一带,很可能会碰见公司以前的同事。F君突然不安起来,但同时也想见见什么人。

话虽如此,但他没有勇气从公司大楼前走过。

还是去旧书一条街转转吧。去那儿的话,就是遇见以前的同事也很正常。

F君这么想着,在旧书店转悠的时候,突然听到有人叫他:

"F君先生,这不是F君专务吗?"

回头一看,是以前F君担任局长时下属部门的M。

"您怎么在这儿啊?来公司办事?"

"不,不是,来这儿找找旧书。"

"专务还是和以前一样爱学习啊。"

听到这话,F君心里挺高兴。

"您现在要是有时间的话,咱们去那边喝杯咖啡怎么样?"

对方发出了邀请,F君便和他走进了街角的咖啡馆,听M讲了很多F君退休后公司的情况。

F君退休才1年,公司已出台了许多新企划,并已付诸实施。

"大家工作还顺利吗?"

"哪里,不太顺利啊。"

M列举了新企划的一些问题,叹了口气。

"专务不在,就是不行啊。"

"不会吧。"

F君虽然嘴上否定,但是听到自己退休以后公司业绩下滑,心里还是挺开心的。

"真的,这样下去要出大问题的。"

听到这话,F君更高兴了,自己掏腰包结了账,与M一起走出了咖啡馆。

和下属分开后,F君自言自语道:

"果不其然哪,还真是离不了我啊。"

F君感到自己的价值得到了肯定,缓缓点了点头。

"看来我还有点儿用啊。"

F君突然来了精神,虽说自我感觉再好也没有什么意义。

不得不干家务活儿

退休确实给 F 君的生活带来了很大的变化。

这些变化,说实在的,都不是什么值得高兴的事,净是些让他不满意或不理解的事,而且发牢骚也没有用。

F 君退休以后,最先增加的活儿就是扔垃圾。

以前,去公司上班时,F 君的出门时间一般在 8 点之前,家里的垃圾还没打好包,F 君又要去赶车,所以妻子也没有让他扔过。

但是,现在 F 君起床后,来到客厅已经 8 点多了,除了吃早餐也没什么其他事情,所以妻子很自然地把扔垃圾的活儿派给他,这也在情理之中。

"对了,那些垃圾,你去扔一下。"

妻子理所当然似的让他去干,但F君并不情愿。

"为什么非得我去扔啊。"虽然以前偶尔也能看到丈夫们去上班时顺便扔垃圾,但这绝对不是什么体面的事。

"我不想变成那样。"F君心里虽然这么想,却发现自己已然变成了一个扔垃圾的丈夫。

而且在下楼梯时,还遇到了公寓管理员。他跟F君打招呼说:"你好,今天天气不错啊。"

以前,他大概听说F君是一流出版社的董事,所以一直敬而远之,现在也许知道了F君已经退休,就放松地打起招呼来。

这虽然没什么不好,但F君总有一种自己的价值在下降的感觉。

除了扔垃圾,现在F君每天还要做一件事,就是给阳台上的一排花浇水。

"对了对了,你给阳台的花浇浇水。"

第一次很偶然,F君正躺在客厅的沙发上时妻子随口这么一说,他只好站起来去浇花。可是,从那以后,妻子便顺理成章似的发号施令了。

F君很想说"我又不是为了给花浇水才退休的",但是由于整天无事可干,所以也不能发什么牢骚。

　　"真是的,居然把我呼来唤去的。"刚开始时,F君很有些愤愤不平,但是浇了几次花之后,看着花盆里的植物们因受到水分滋养而生机勃勃,便改变了想法,觉得这个活儿也算不上不好。

　　除此之外,他还被派了一个活儿,就是去信箱取邮件。到了下午,妻子估摸着送信的该来了,就随口说一句:"你去看看信箱吧。"

　　这个活儿,妻子抓的时机非常巧妙,一般是在F君也觉得信件快到了的时候,精准地发出指令的。

　　没办法,他只好下楼,去公寓门口看信箱。可寄给F君的信件一天天减少,现在全是商业广告。

　　虽然明知是这个结果,但F君总是在期待今天也许会有什么信件寄来,总是禁不住想去看信箱。

　　F君的家务活儿又新增加了一项,那就是清洗浴室。

　　说实话,F君万万想不到,竟然连清洗浴室这个活儿都要他来干。

妻子算准F君泡完澡,从浴室出来的时间,不失时机地提出这个要求:

"对了,你顺便把浴室擦洗一下,行不行?"

"什么,浴缸居然也让我刷洗?"F君不禁生了气。妻子拿来刷洗地面的刷子和清洁剂,说:"就用这个,稍微刷刷就行了。"一边做了两下示范。

F君看了妻子的示范,觉得非常容易,要是就这样刷刷,我也干得了吧。就在他一闪念之间,妻子已经把刷子塞在他手里了。

"不像话,这个活儿也叫我干呀。"

F君虽然有点不快,但是做起来居然也不难,而且看着刷洗得干干净净的浴室,心情也不坏。

"原来这么简单啊。"

虽然不能说因此有了干劲儿,但是做了第一次,就有第二次。从那以后,清洗浴室就变成F君的活儿了。

"即使这样,也要小心提防她得寸进尺。"F君这么对自己说,"照这么下去,以后什么活儿都推给我干了,那我说不定会变成家庭主夫了。"

妻子要是再提要求,一定要断然拒绝。

"如果让你做饭什么的,你可绝对不能同意哦。"F君下定了决心。

但是,关于做饭这个活儿,妻子倒是丝毫没有让他参与的意思。

以前,妻子曾问过他:"你什么饭也不会做吗?"于是,F君试着做过住集体宿舍时跟学长学的咖喱饭。但是,切碎的蔬菜和调味料等弄得到处都是,收拾起来更加麻烦。

从那以后,让F君做饭这件事,妻子好像已经完全不抱希望了。

这件事是值得庆幸呢,还是相反呢?

看来,如果老是这样待在家里的话,妻子只会不断给自己增加无聊的家务活儿,作为丈夫的权威将逐日下降,这是毫无疑问的了。

出去找工作

可是,有没有什么工作可干呢?

如果整天这么无所事事地待下去的话,自己就会变成一个被世人遗忘的毫无用处的老头儿了。

"你愿意这样下去吗?"

F君问自己,终于站了起来。

虽然站起来了,可是该去哪儿呢?

"喂,上哪儿去啊?"

F君问镜子里的自己,没有回答。

"你说怎么办呢?"

他又问了一遍,脑海里终于浮现出了答案。

那就去 Hello Work[①] 看看吧。

自己现在正在找工作,当然应该去 Hello Work 呀。

可是,都这么大岁数了,难道还去 Hello Work 吗?

F君左思右想,还是觉得很别扭,好像哪里不大对劲。

可是,找工作就应该去 Hello Work,这本身没什么好奇怪的。

他在心里又问了自己一回,得出了同样的结论,于是站起身来。

"去看看再说吧。"

他从衣柜里取出一套适合秋天穿的深色西服,决定穿着这身西服出门。

"我现在出去一下。"

坐在客厅里的妻子听了,难掩惊讶之色,问道:

"上哪儿去啊?"

"就在附近。"

去找工作这话他可说不出口。"不会很晚回来的。"他这么一说,妻子马上应道:"知道了,知道了,去吧。"

看妻子的样子,仿佛早就知道丈夫去不了多远的地方

---

① Hello Work:日本的职业介绍所。

似的。

F君没有再对妻子说什么，默默地出了门。

F君以前听说这个地区的Hello Work位于涩谷的神南。

他在网上又查了一遍其具体位置。

到了涩谷车站，经过西武百货店，走到公园路之后往右拐，一下坡，没走多远就是Hello Work。

那座楼大得出奇，从正面一进去，就有1部电梯，从1层到4层好像都是洽谈房间。

F君从1层走上去，看了看各层的情况，到处都挤满了人。

更令人惊讶的是，几乎都是二三十岁的年轻人。偶尔能看到稍微年长一些的，但也就40多岁。没有一个人像F君这样，是退了休的60多岁的老头儿。

"如果是这样，可就没什么希望了……"

F君失望至极，可也不能就这么回家。

为了了解一下招聘条件，F君从每个楼层随机拿了一些招工启事和宣传单。

今天就先看看这些吧。决定了以后，他就来到休息处，看了看资料，杂七杂八的什么都有。

诸如"现在招聘下列人才""我们开设了有关福祉工作的洽谈角""会计事务基础讲座"以及"保育士技能提高讲座""合同就职洽谈会"等。

有没有面向老年人的职位呢？F君留心找了找,发现了"公寓管理员"和"大楼清洁工"等工作。

他虽然已经做好了心理准备,但还是有些意外,看来老年人能干的工作只有这一类。

F君本想再看看别的招工启事,可那些洽谈窗口周围全是年轻人。如果在这种地方待的时间太长的话,肯定会遭到别人的同情——"瞧那个大叔,退休以后生活没有着落,只好来找工作了。"

这么一想,他顿时像霜打的茄子似的泄了气,拿着几张宣传单快步走出了大楼。

回到家后,妻子揶揄道:"哟,这么快就回来啦。"

F君没有理她,回到自己的屋子,又打开拿回来的宣传单看起来。

内容还是刚才那些,但在家里看这些东西时,不禁觉得自己有点儿寂寞,有点儿缺乏自信。

看起来,从这个年龄开始找工作,重新出发,似乎挺困难的。

况且,就算是面试合格了,上了岗以后能不能坚持下去呢?

即便是公寓管理员和大楼清洁工,要达到熟练的程度也不是那么容易的。特别是清洁工,像抹布、拖把的用法等,都需要从头学起。自己真的能学会这些,去清扫大楼吗?

更大的问题在于,如果干上清洁工之类的活儿,就会与进出大楼的各种各样的人照面。很难说不会遇到以前公司的同事或其他认识的人。

"F君先生,你在这儿干什么呢?"

如果人家突然跟自己打招呼,并投来同情的目光的话,自己该怎么回答呢?

"因为没什么事情可干……"

这么回答的话,未免也太丢脸了。

"这种工作还是干不来……"

他自言自语着,最终还是放弃了。

只要能有工作

F君见到了久别的菅井。

他比F君晚1年进公司,退休后好像住在自家所在的横滨纲岛。

他偶然有事要办,来了东京,回去前想跟F君见见面。

这种见面不用端着架子,F君很乐意去。

菅井本来打算来F君家的,但是F君觉得家里有妻子在,太拘束,于是决定在自由之丘的茶馆见面,并告之地址。

"喂,好久不见啊。"

菅井在公司上班的时候常年干销售,两个人在公司里也很难见面,现在久别重逢,都很激动。

"你看起来挺精神的嘛。"

"没这回事。你可比我精神多了。"

"精神什么呀,退休以后,没事可干,这样下去的话,连走路都费劲儿了。"

对于这些,退休1年的前辈F君再清楚不过了。

"你干什么了吗?"

"没什么可干的,每天早上带着狗散散步。"

确实,对于退休男人来说,带着狗散步这个活儿再合适不过了。去多摩川的河堤时,F君经常能见到牵着狗走路的老头儿。

幸好,F君家里没有养狗,不用带着狗出来散步,也不知这算是好事还是坏事。

"你每天走的都是固定路线吗?"

"一般是在家和车站之间往返,路上有时候还能看见美女呢。"

"嗨,就为了这个啊。"

"哪里,只是擦肩而过呀。"

F君虽然判断不出他的话有多少是真的,但至少能感受到,菅井对待生活的态度比自己积极得多。

"我想过几天去 Hello Work 看看。"

看来大家都想到一块儿去了。F 君没说自己前几天去过,只是点了点头。菅井停顿了一会儿,发起了牢骚:

"到了这把年纪,挣多少钱都无所谓了。说实在的,只要每天有地方去,就是一个月 10 万日元也行啊。"

"10 万啊……"

F 君嘟哝了一句,又陷入了沉思。

诚然,只要有地方消磨时间就行了,但这也太惨了点儿。

和菅井见面不到 1 个小时就分开了,"一个月 10 万日元也行啊"这句话萦绕在 F 君耳边,挥之不去。

10 万日元,不过是他们在职时工资的几分之一而已。

即便这么少,菅井也想去工作,谦卑到了什么程度啊!

"这么少,你愿意吗?"

F 君问了问自己,竟回答不上来。

他觉得 10 万日元实在是少得可怜,但是又一想,即使挣这么一点儿,只要有地方可去,也算不错了。

归结起来,现在自己最需要的就是每天早上出门后,能去一个坐着干活儿的地方。

刚才聊天时，F君知道了原来菅井每天早上也被妻子用"你也出去转转吧"这句话给轰出来。出去工作的话，就听不到妻子的这句唠叨了，两全其美。

是啊，光是从工资考虑，肯定会感到不满。但如果换个角度去想，有了一个不但不用花钱，反而能够挣钱的休息之所，也挺划算的，何乐而不为呢。

"怎么样，是这个理儿吧？"

如果10万日元也干的话，那么有100万日元的话，就能雇10个菅井这个级别的老头儿了。

菅井是在1965年进公司的，那时候的求职考试可是难度很大的。

那么难都考进公司了，当然是优秀人才了。可是，当年那些优秀人才如今都闲在家里，无用武之地，真是要多可惜有多可惜啊。

"好啊，干脆把这些人都召集起来干一番事业吧。"F君的想象开始膨胀起来。

不过，要想经营一家公司，光有菅井这类人才是不行的。

就算是经营和自己以前干过的出版业有关的公司，除了编辑，还需要负责销售和财务等工作的人。

这些职工都得用年轻人,月薪10万日元肯定没人干,恐怕得出到20万、30万日元,才能招来人吧。

况且要干公司的话,就必须租赁一个可以容纳职员的像样的写字楼或办公室。

"这么多事,你这岁数能行吗?"

F君问自己,不由得摇了摇头。

"看来,我现在是干不了这些了。"

这么一想,雄心勃勃的计划就被扼杀在摇篮里了。

"不过,大学毕业的老牌销售员只要月薪10万日元哦。"

他们只不过是超过了60岁,就被社会抛弃,真是悲哀。

"让他们马上开始工作的话,他们就能变成纳税者,可现在他们是养老金领取者,真是……"

F君真想站起来,冲着人们大喊:

"日本这个国家,简直太浪费人才啦!"

说不出口的"谢谢"

总而言之,从退休那天开始,就要从根本上改变自己所有的想法。

本以为自己早就做好了思想准备,但是从行为做事到所思所想,一切都会变得完全不同。

没有亲身经历的人,是不会明白这种巨大变化的。

首先,在说话方面,最重要的就是要习惯说"谢谢"。

你必须能够把这个词真诚地说出来。

可能很多男人都会说"这谁不知道啊",但实际上,你能痛快地说出口吗?

退休以前的男人们一直都是听别人对自己说这类话的。退休以后,能不能从自己嘴里向别人说出来,是问题的关键。

比如说，妻子对你说："老公，饭做好了。"你要马上说："谢谢你。"

你会觉得"这有什么难的"，但是你很可能就是说不出口。

这是因为在退休以前，你没有向别人说"谢谢"的必要。

自己马上要去上班，妻子做好早饭是理所应当的。但是，从退休那天起，你即使外出，也拿不回1分钱的工资了。

尽管如此，妻子还特意为你做好早饭，所以说一句"谢谢"不是应该的吗？

很自然地说出来的话，妻子也不会不高兴的。她会觉得丈夫是心怀感谢之心的，夫妻关系就会更和睦。

实际上，只有一次，F君在心里鼓了半天劲儿，吐出一句"谢谢"。妻子听了，露出了微笑，好像在说："你也终于放下点儿架子了啊。"

话虽如此，但语言真是力量无穷。

一句话能否说出口，决定了面对的是天堂还是地狱。

以前，F君在公司里几乎没有说过"谢谢"之类的话。因为F君是董事，职位较高，对于下属努力完成的工作，也就是"嗯，嗯"点头而已，最多说句"辛苦了"。

那时候,如果说一句"做得不错,谢谢!"的话,下属肯定会特别高兴的。

就连对下属都不说,更甭提对妻子了,F君几乎1次都没说过。

不对,好像在刚结婚的时候,他说过"谢谢",但在之后的这几十年里,可以说1次都没说过。也可能是因为妻子没做过什么特别值得自己表示感谢的事情吧。

不对,自己所受到的妻子的照顾根本不能用语言来表达。

既然如此,怎么没有说过呢?是不是觉得和妻子用不着这么客气呢?

意识到这一点之后,近1年来,F君一直想要把"谢谢"说出口。但是,到了这个岁数,总觉得这样太做作,显得很滑稽,说不定还会遭到妻子的嘲讽:"哟呵,你没事吧?"

能不能想个办法让这句话说得更自然些呢?F君努力试了试,尽管事先练习过,到时候也很难说出这两个字来。

还是平时说习惯了才行,不然就会觉得很难。

说到这里,我想起外国人就能很轻松自然地说"Thank you(谢谢)"之类的话。

比如上下飞机的时候,他们会对站在登机门旁的乘务员说"Thank you",并轻轻点点头。

相比之下,昂首挺胸地走过去的就是日本的大叔们了,他们摆出一副"我赏脸坐你的飞机,你还得感谢我"的架势。

不仅如此,外国人还频繁地使用此类夸奖和赞美别人的词语。异性朋友之间,互道"I love you(我爱你)"乃是家常便饭。

当然了,F君认识的美国人会在人前对对方说"I love you",但是半年后他们就会分道扬镳。

这个姑且不论,日本人应该多说一些令对方心情舒畅的话。

日本的世风原本比较讨厌这种恭维话,因为这样油嘴滑舌会遭到别人的蔑视,仿佛自己是个"光说不做的轻浮家伙"。

即便如此,也不应该总是苦着一张脸。

明摆着的,多年来一直很威风的大叔们也终有退休的一天,成为受别人照顾的老人。这时候最有必要说的话就是"谢谢"了。

这句话能否轻松说出,决定了你晚年生活的幸福指数。

"谢谢!"

F君现在就在练习,在商店购物后或受到别人热情接待时,立刻说出这句话。

对别人还好说,对妻子说就费了劲儿了。对最需要说的人却说不出来,这让他很发愁。

今天也一样,刚说到"谢……"他就赶紧闭上了嘴巴。

无所事事不好

"你的电话。"

退休以后,F君从来没有一大早接过电话,他有些纳闷。

"谁来的?"F君问。

妻子清楚地告知:"菅井先生来的。"

他这么早来电话,是不是有什么事啊。F君急忙跳下床,拿起听筒。

"怎么了?"

F君一问,菅井突然说道:

"山下先生去世了。"

"什么!"

他说的这位山下比F君早进公司4年,退休之前担任公司的总经理。山下主要负责销售那边,所以与F君不怎么熟悉,但他是提拔F君做董事的人。

"什么病啊?"

"听说他身体一直没什么毛病,但是今天早上突发急性心肌梗死,去世了。"

"急性心肌梗死……"

确实,这个病F君以前有过耳闻,据说是非常可怕的疾病,向心肌供血的血管突然收缩,导致心脏停止跳动。

"他多大岁数了?"

"66岁。去年刚从总经理的位子上退下来。"

菅井和他同属销售部门,所以两人很亲近似的。

"可是,怎么这么突然呢?"

"我也不敢相信,是他太太这么说的……"

那应该是真的了。

"过几天,公司可能会为他举行葬礼,不管怎么说,前辈也要多多保重啊。"

话虽如此,可是赶上这种突发疾病,怎么保重也没用啊。

"有什么情况,我再跟您联系。"菅井说。

如今自己已退休,看来只能等菅井的消息了。

山下前总经理,到底为什么会突然去世呢?

他身材敦实,看着挺健壮,本以为他会长寿的,谁料想才66岁,就突然去世了。

难道是因为以前工作太拼命了?他好像当了四五年总经理,是不是退休之前劳累过度,积劳成疾啊?

如果是那样的话,那他应该在总经理的岗位上去世啊。听说他退休后,过得挺悠闲自在。

怎么会在这时候突然走了呢?

难道卸任总经理之后的悠闲生活,反而对他的健康不利?

F君不禁陷入了沉思。一般来讲,应该对奔波劳碌的人说:"好好歇歇吧。"或劝他:"这么忙碌,对身体不好哦。"

不过,对顺利卸下总经理重任后颐养天年的人,就不能对他说"请好好休息"之类的话了。如果说了这话,很可能会遭骂:"这家伙说什么风凉话啊。"

事实是,他是在无事一身轻时倒下的。

"搞不明白……"

陷入沉思的F君的脑海里,突然浮现出一个从未有过的想法:

"是不是因为太闲了呢？"

"是不是因为太闲了，才得病的呢？"我一说这话，多半会被人付之一笑："瞎说什么呢。"

每个人都认为，有人会因为太忙而得病，不大可能闲得生病。

但是F君以前读过一本杂志，上面写着：

"太闲了也是个问题。人会因为没有事情可干，整天歇着而胡思乱想，反而劳心费神，患上疾病。"

那时候，F君读了这段话并没有什么感觉，现在退了休再一回想，发现这句话竟然那么深刻。

有道理，太闲了可能并非好事。

F君和所有的退休者一样，上班的时候，吃了早饭就急忙出门，而现在，因为闲在家里的关系吧，早上起来以后总觉得脑袋昏昏沉沉的，有时也会感觉耳鸣、胃部不适等，并因此忧心忡忡。

当然，关心自己的身体也许不是坏事，但是过了头的话，就很可能没病自己找出病来。

退休以前，哪里不舒服，人们总觉得怎么会得病啊，半信半疑的。可是现在,有一点儿不适就抓紧上医院,这么一来,往往会感觉自己真的得了病。

现在,F君也因为患上了高血压和糖尿病,常常往医院跑。其实症状都很轻,但是看了医生拿了药以后,他就觉得自己真的生病了。

F君以前的同事里,也有不少人是在退休后生病的。

3年前退休的Y死于胃癌,两年前退休的K据说得了肝炎,在电机业界工作的S得了腰椎间盘突出,刚刚住院。

他们在退休前都很健康,可是一退了休就突然没了精神,变成病号了。

与他们相比,唯一一个还精神矍铄的就是5年前退休的T了。他担任了志愿者团体的领导,每天都忙得不可开交,还不无炫耀地把写满了日程安排的记事本展示给他们看,说什么:"忙得没时间得病啊。"

那时候,F君觉得这家伙挺爱显摆的,但他确实比谁都有精神。

"我也得把记事本写得满满的……"

F君又自言自语着,陷入了沉思。

让自己忙活起来

从现在开始,要尽量让自己忙活起来。

这是 F 君退休以后发现的新的生活方式。

那么,到底该怎么做呢?

脑子里想做什么容易,但是到了付诸行动的时候,还是很不容易的。

以前在公司工作的时候,让自己忙得团团转并不是什么难事。

干什么都行,哪怕是别人的活儿,只要你主动去帮忙就行了,别人都巴不得呢。

但是现在,本来就没有工作,想要这样忙活,纯粹是一种奢望。

那也必须干点儿什么才行。

这时浮现在 F 君脑海里的，首先是要找到自己的爱好，并投入其中。一旦找到了爱好，多少时间都不够用。

那么，干点儿什么呢？F 君首先想到的就是去棋牌室。说实话，他虽然围棋下得不怎么样，但以前公司里的一个围棋高手曾经评价他"接近初段的水平"。

那就投入些精力，争取成为真正的初段棋手吧。

此外，如果想要参加一个兴趣小组的话，俳句①会也许是个不错的选择。

说到俳句，F 君还是在大学时和同学写过一些。不过，俳句这东西，即便超过 60 岁再开始学也不晚，而且对于在出版社工作过的人来说，这个爱好就像是量身定做的一样。

围棋和俳句都有一个好处，那就是从肉体开始衰退的 60 多岁开始学，也不会输给年轻人。

最划算的一点就是，这两种爱好都不太费钱。对于退了休的浪人②来说，没有比这两个再合适的爱好了。

---

① 俳句：日本的一种古典短诗，以 17 个音为一首。
② 浪人：过去指到处流浪、居无定所的日本穷困武士，现在也指失去职业的流浪者。

"好嘞,先从这两个爱好开始吧。"

在终于找到了可以消遣时间的事儿或者说是爱好后,F君吐了口气,安下心来。

他首先要做的,就是去一趟棋牌室。

棋牌室位于车站附近的大楼3层,F君曾经有意无意地去瞧过一次。

入场费800日元,花这点钱就能在里面待一天,下多少局都没问题。

这么便宜的娱乐项目,对于退休者来说再合适不过了。

而且棋友们大都很沉稳、安静。这在情理之中,下棋的时候需要沉下心来思考,不可能吵嚷、乱跑。

不过F君没怎么来过棋牌室,所以要向管理员说明自己的水平,让人家为自己找一个旗鼓相当的对手。

然后,才正式开始面对面地下棋。这时候,至少要报上自己的姓名。

不对,一开始登录为棋牌室会员的时候,就要提供姓名和住址了。

想到这儿,F君才发现最近出门的时候都没有带名片。

以前在公司工作的时候,他无论上哪儿都会随身携带名片,退休以后就从来不往兜里装了。

不带名片的话,就会担心出门的时候发生什么万一,或者见到他人,需要介绍自己时,多有不便。

总之,男人之间初次见面的时候,一般会拿出名片,如果没带的话,就会被认为像个流浪汉。

真是个令人头疼的习惯,有没有什么相当的东西能代替名片呢?

F君绞尽脑汁思考起来。

要不先制作一张只有自己的姓名和住址的名片吧。

这种名片与自己现在的身份相吻合,没什么问题。

但是,男人们接过只写着名字的名片,往往会翻来覆去地看正反面,想知道这个人到底是做什么的。

实际上,自己在职的时候也是这样做的,回过头来想想真是没礼貌。

现在,如果人家这么翻来覆去地看自己的名片的话,真想冲他大喊一声:"我退休了,现在没工作!"但这样对人家也挺无礼的。

难道就没有什么好办法吗?

突然灵光一闪,他想到了在名片上写"原××"的办法,来说明自己过去的职务。看了这样的名片,对方也就清楚了。

但是,如果写上"AB公司原出版局局长"等头衔的话,可能太过夸张,仿佛不打自招地告诉别人,自己还留恋从前的职务,到现在都没有放下。

"不成,不成。"

F君拍着脑袋,嘟哝道。

要做名片的话,还是只写地址和姓名吧。

不知道自己有没有勇气递出这么一张内容苍白的名片,但这就是现在的自己,没办法。

即便是这种只有姓名与地址的名片,如果和下棋的对手合得来的话,时间长了,肯定也有机会向对方说明自己的情况的。

F君这么安慰自己,决定在去棋牌室之前,先去名片屋一趟。

有感于"勤劳感谢日"

今天的天气很不错。

从进入冬天的 11 月末到新年期间,天气一直很晴朗。

这么好的天气还闷在家里太可惜了,还是出去转转吧。

F 君对自己说,无意中看了一眼挂历,发现再过几天就是"勤劳感谢日"了。

说到勤劳感谢日,据说是每天辛勤工作的人们"尊重劳动,互道感谢"的日子。

这究竟是对雇用了自己的公司表示感谢呢,还是对每天能够让自己精神饱满地上班的身体表示感谢呢?

F 君稍微想了想,摇摇头:"这跟我有什么关系。"

现在自己退休了，别说工作单位了，就连能去的地方也没有了。这种男人还有什么必要费脑筋思考勤劳感谢的意义啊。

"管它是什么意思呢……"

F君对着挂历自言自语之后，又靠着窗边看起外面的风景来。

不过，今天还真是个好天儿。

要是以前，天气这么好，自己肯定一早就直奔高尔夫球场了。

今年还没有邀约任何人。不是这样的，本来想约来着，但是自费打高尔夫实在太贵了。

还在职的时候，打高尔夫的费用几乎都是公司的交际费，所以个人没有什么负担。现在就不行了，以前常去的那家俱乐部，光是打球就要3万日元，就算使用打折券也得2万日元，实在是去不起。

再说，召集能够同去的球友也颇为困难。大家都退了休，零花钱少得可怜。更难为情的是，如果自己主动邀约的话，就像是在用大喇叭广播自己很寂寞很无聊似的。

有没有更新鲜更有意思的地方呢？正看着窗外的F君脑海里突然浮现出一个出乎意外的想法。

偶尔也应该找个女孩子去约会啊。

说起来,和女人约会这种浪漫的事儿,自己已经好多年没有过了。

其实,四五年前,快接近退休那段时间,自己没什么心思去想这种事儿,退休之后就陷入了对全新状况的不适应,整天惊慌失措的,哪里还有心情去找女人约会啊。

当然,这并不意味着自己完全不想女人了。

别看自己现在这样,想当年,自己在公司里可是很受女性欢迎的呢。

虽说好汉不提当年勇,但自己现在仍然很有型,身高一米七以上,身材也很男人,算得上壮实。长得虽不是特别帅,但还可以,大概由于戴着眼镜吧,看起来还挺像个知识分子的。

担任公司出版局局长的时候,自己经常陪着作家去位于银座的俱乐部。

自己也曾和俱乐部的女招待好过,还一起出去吃过饭。不知是幸还是不幸,和她们的交往仅限于此,但也证明了自己挺招女人喜欢的。

现在退休了,不可能再进出那种地方了,可是找个普通的女人吃个饭总可以吧。

于是,F君逐一回想起自己比较感兴趣的女人来。

有一个女人是F君退休前认识的,在出版局的文库部门工作,名叫柳泽,看样子应该不到40岁。她工作能力很强,给人的感觉特别清纯,不知为何没有结婚,真是不可思议。

另外一个女人,是他退休以后偶尔去闲逛的K百货店里卖领带的女店员。她30多岁的样子,给人的感觉很舒服。如果问她的话,估计她会把名字告诉自己的。

如果能和她们约会的话,自己肯定能一下子年轻好几岁,没准还能找到什么新的工作呢。

F君把这个想法和妻子一说,她不以为然地一笑置之:"我说,你都退休了,还瞎琢磨什么呢。"

妻子似乎早已认定,像F君这种冷淡的男人是不可能受女人欢迎的。

别小看人,即便我到了这岁数,也不至于那么糟糕。如果能和女性约个会,没准就会使自己感受到生命的价值,振作起精神,找到新的工作呢。

他这么一想,当真想去见见她们了。

可是,先说出版局的那位女性吧,要想见到她,自己必须到以前的公司去。

当然,不去也行,打电话也能联系到她,可突然接到邀请,对方会吓一跳的。

可见,要接近她还是得花些工夫。

那么,那个卖领带的女人呢?现在就去那里逛一逛,跟她聊聊领带什么的,顺便试着邀请一下:"今天有空吗?"

我是个顾客,对方不会不搭理我,但是这么突然邀请人家,恐怕也不妥。

还是多花些时间,慢慢来的好。不过,等她知道了我是个退了休的无聊大叔的话,就会冷淡地不再理我吧。

"原来你是个退了休的大叔啊……"

F君自言自语着,仰望临近中午亮得刺眼的晴空,闭上了眼睛。

出去旅游吧

没有事情可做,闲得无聊的话,还不如和妻子两个人出去旅游呢。

以前女儿也这么劝过他,这主意倒是不错。

但是,现在妻子能否同意这个提议,他没有把握。

这种事本来应该再早一些对妻子说的,但是刚退休的时候,自己对不用去公司上班,可以整天待在家里这一新变化颇感惶惑,实在没有心情和妻子两个人去旅游。

他觉得,等自己习惯并接受了退休这一事实之后再出去旅游,那才是水到渠成。

可是说实话,退休以后,很难习惯这种状态。实际上,迄今为止已经过了35年每天去公司的日子,不可能那么容易就习惯的。

再说了,怎么对妻子提起这件事呢?

"喂,咱们去旅游吧。"

突然这么一说,妻子肯定会吓一大跳;妻子的第一反应,很可能以为他在开玩笑。

上次和妻子一起远行,大约是在10年前。妻子的父亲去世时,两个人一起去了趟札幌,好像那是最后一次。

时隔多年,夫妻二人一起出门旅行,可能是个不错的主意。不过,还是先想想怎么跟她提这件事吧,这才是问题的关键。

既然想和妻子出门,就需要一个说得过去的理由。

首先,F君想起这次二人外出旅游的直接原因,是这样下去的话,实在是百无聊赖。

但是,如果照实说的话,妻子可能会找碴儿:"你的意思是说,因为没事干,才想和我出去的吗?"

不是这样的,老早就想和妻子一起出去旅游,现在正是最好的时机。他打算这么说,可自己能表达清楚吗?

总之,只能试试看了。

他这样告诉自己,然后开始思考去哪儿。

久违的二人之旅,一定得去个不错的地方,否则说不过去。

去京都或奈良吧。北方快入冬了,还是去南方比较好,四国或九州,要不干脆去冲绳那边吧。

"不行不行,冲绳还是不去为好。"

F君急忙摇头。

今年夏天,和F君同年进公司的青木也是趁着退休,和妻子去了冲绳的度假胜地。

那里好像叫钻石海岸还是什么的,漂亮的酒店坐落在沙滩上,是个浪漫至极的度假胜地。

"没想到,在那里我们简直无法忍受,只待了30分钟就逃回来了。"青木说。

"那个地方风景那么美丽,怎么会这样呢?"F君这么一问,青木说:

"一到晚上,就会播放浪漫的音乐,除此之外只有星空和海浪声。我们俩躺在沙滩上,觉得难堪极了。虽说酒店方面说什么'追求时尚的银发爱侣的最佳选择……',但是我们都这么大岁数了,上那种地方还能干什么啊。"

也是,60多岁的老夫妻,躺在夜色中的沙滩上,只会觉得不踏实吧。

"如果和您夫人一起出去旅游的话,还是去夏威夷那种能购物的地方比较好。"

F君想起青木的话,又陷入了沉思。

说到底,因为退了休,闲得无聊才带着妻子出去旅游,这个出发点本身可能就不正确。

如果要带妻子出去旅游,一定要出于感谢之心而发出邀约:感谢妻子多年以来一心守护家庭,让自己能够放心去上班。

只是因为自己闲得难受才想起去旅游这个事儿,就不太好了。还不如等自己对妻子真正心怀感激之后,再提这件事情。

反正这种没事儿干的状态还会持续几年。不对,大概得持续10年以上呢。

不对,据说现在男性的平均寿命接近80岁,退休以后还能活近20年。其间应该有无数可以邀约妻子旅行的机会。

即便如此,难道自己要在这种状态下生活将近20年吗?

不,不只自己,比自己早5年退休的K先生,还有早7年退休的N先生,大家都是这么过来的,今后也将这样无所事事地度过。

"真是愚蠢到家了。"

他不禁恨恨地骂了一句,然后又嘟哝道:"等一等。"

要是活那么长时间,自己到底能不能一直拿到养老金呢?养老金会不会中途停发,导致自己生活不下去呢?

想到这里,F君想起曾经看过的一篇报道,说以后可能会推迟养老金发放。到底会不会这样啊,他心里没有底。

现在自己虽然嘴上说养老金生活太无聊了,可是这样整天游手好闲的,还可以领到钱,有点太奢侈了吧。

"这些闲暇时间,还是应该用来为社会做点什么。"

F君自言自语着,又陷入了沉思。

闲话贺年片

又快到服丧明信片寄来的时候了。

"鄙人正在服丧期中,恕不能给您拜年。"

这一句下面写有死者的姓名、享年等,最后还有一句"深深感谢故人,生前承蒙您的厚爱,明年还请您多多关照"。但是,这些故人几乎都是自己不认识的人。

既然如此,根本没有必要这么正儿八经地寄来通知信函。

那么,又是从什么时候开始互送贺年片的呢?

不用说,F君自年轻时就和友人互赠贺年片,每年也都非常期待收到贺年片。

到了元旦,他先在家里收贺年片。元旦过后,去公司上班时,桌子上也会放着一摞。

把两个地方的贺年片合在一起细细欣赏,倒不失为一种新年的乐趣。

但是,今年的正月里,寄来的贺年片的数量明显减少了,这让他挂心。

准确地说,他是去年6月从公司退休的。

从那时开始,到今年正月已过了近半年,所以应该有一部分人已经知道了他退休的事儿,不再寄贺年片来了。

不过,交情深的朋友,或者是在工作上打过很多交道的人还是会寄来。不再寄来的大多是那些关系不特别亲密的,或者只是由于业务关系而礼节性寄来贺年片的人。

明知在意这些没多大意义,但是一想到以后新年收到的贺年片会越来越少,F君仍然感到一阵寂寞。

F君记得以前每年都会收到二百四五十张贺年片。

而自己要寄出去多少张呢?会寄出200张去。由于几乎都是寄给公司的同事,所以一般是让秘书去办的。

再加上自己给亲戚朋友寄的四五十张。

但是,退了休以后,贺年片全得靠自己买,自己写,自己去寄了。反正也没有工作,做这点事也是应该的,只是他不希望收到的贺年片越来越少。

"好吧!"

F君给自己鼓了鼓劲儿,先去了趟邮局。

他在邮局里想了想,买了200张贺年片。

本想再多买点儿,但是现在连买这个都得自掏腰包,还是买这么多比较合适。

贺年片上写什么好呢?一回到家,F君就开始思考了。

首先,按照每年的惯例,开头都得写"谨贺新年",再加上一句"今年也请多关照"。

这几句怎么写都无关紧要,问题是,接下来到底要不要在今年的贺年片里,告诉大家自己已经退休了呢?

再怎么说,这也是发生在自己身上的一件大事,有义务清楚地写在贺年片上,广而告之。

但是,公司里比较熟的人应该都知道了,对于其他人,有没有必要特意写在贺年片上,通知他们呢?

于是,F君又翻看了一遍今年收到的贺年片,有的人写了自己已经退休,也有的人没有写。

怎么办呢?照实写的话,似乎显得更诚实,但是不写也没什么不好的。

不过,不写实情,佯装自己依然在公司供职的话,未免太不大气了,不如堂堂正正地写明,告诉大家自己已赋闲在家吧。

如果看了这个以后,有人不再寄贺年片来,远离自己的话,那就随他的便。反正自己本来就不想和这种人交往。

最后,他居然奇妙地鼓起了勇气,堂堂正正地写上了"已于去年6月退休",然后又加了一句"以后要随心所欲地生活"。

即便如此,他还是很在意到了正月里,到底能收到多少张贺年片。

每年,元旦一大早,他都会命令儿子或女儿:"喂,去拿贺年片。"

孩子们拿回来以后就开始分发。"这个是爸爸的,这个是妈妈的……"

不用说,妻子和女儿的那堆贺年片没有多高,儿子那堆却是芝麻开花节节高,不能不加以提防。

说实话,从今年正月寄到家里的明信片数量来看,儿子幸介的和自己的已经没多大的差距了。

儿子才27岁,在横滨的制药公司工作,也住在那边。

他还不想这么快就输给儿子那样的毛头小子。而且,F君觉得去公司的话,还能拿回和家里一样多的贺年片,不可能输的。

但是,从下一年开始,所有人都会知道自己已经退休,肯定不会再往公司寄贺年片了。

儿子这边呢,加上寄到儿子公司和横滨的宿舍的,会不会年年增加呢?

"算了吧,就是张贺年片,和儿子较什么劲儿啊。"

F君自言自语着,难道自己这边的贺年片会一直减少下去吗?

"说不定,从明年开始自己就会输的……"

父亲就这么一点点地退到儿子的阴影里去了吗?

他明知这么比非常无聊,却还是放不下。

怎样熬过漫漫长夜

才下午5点,四周就已经黑了下来。

下午放学的铃声从附近的小学传来,孩子们都要各回各家了吧。

虽说已是12月,但这么早就窝在家里,孩子们也一定觉得特别无聊。

眺望昏暗的窗外,F君在操心孩子们,其实也是在担心他自己。

从傍晚开始的漫漫长夜,该怎么打发呢?

在公司工作的时候,虽然也有人一到下午5点就起身回家,但是对于大多数职员来说,工作才刚刚开始。

由于出版工作的需要,有的人从这个点儿才真正开始干活儿,有的人要出门采访或约人见面,几乎没有人直接回家。

当然,还要经常和各部门的同事一起吃饭,所以晚上九十点钟回家是平常事,有时候还会超过12点,也就是第二天凌晨才回来。

这么晚回到家,F君与妻子也就是照个面,然后回自己房间脱掉衣服,准备睡觉。

"要不要泡个澡?"

妻子有时候这么问一声,他也只是含含糊糊地"啊"一声,就上了床。

好在劳累了一天,脑袋一挨枕头就睡着了,几乎从未失眠过,总是一觉睡到天亮。

早上,F君被枕头旁边的闹钟叫醒,匆忙洗完脸吃完早饭,就去地铁坐车。

就这样,他根本没有时间和妻子好好说说话,或者说,他认为没有这个必要。

与那时相反,现在他从早到晚都很空闲。

突然间四周昏暗下来,即便待在家里,一晚上可做的事情也只有吃晚饭了。

当然了,晚饭的时间取决于妻子。晚饭做好后,妻子一喊"吃晚饭了",他就去餐厅吃饭。

坐在餐桌前,面对妻子,他也觉得没什么可说的,因为整个白天都在家里闲着。

他有时候想喝点儿酒,但是一个人喝闷酒也没多大意思,而且越喝越觉得寂寞。

就这样,没一会儿工夫吃完了晚饭,回到自己的房间里,时间也是多得无处打发。

他虽然想查阅一下以前就抱有一些兴趣的明治史方面的资料,但又觉得没必要急着现在干,最后还是看起了电视。

他一般是坐在书房的椅子上,靠着椅背看电视。后来变成躺在床上看,常常看着看着就睡着了。

可这也难怪,最近的电视节目要多无聊有多无聊。大多是弄些女孩子来,叽叽喳喳地乱吵吵,要不就是那些看腻了的笑星出来瞎闹腾,夸张地恶搞一通。

这些出场者的本意也许是想逗人乐,但是搞得太露骨,就不好笑了。

"为了让人发笑而逗乐,并不是真正的逗乐。"F君真想发表一番高论,可惜这屋里只有自己一个人,说了也没人听。

之所以会这样,多半是由于现在电视台里制作节目的人都太年轻,完全没有考虑到老年人的需求吧。

事实上,现在最认真看电视,也最需要电视的人,正是六七十岁的老年人。电视台制作节目的部门难道不应该多考虑一下老年人的愿望吗?

"好吧,明天我就去公司,对大家说明一下我的想法。"他不禁对自己说,但突然记起自己已经退休了,颓然垂下了眼帘。

他看了下表,还不到晚上8点呢。

从现在到夜里12点,还有4个多小时,这么多时间干点什么呢?就算是一直看电视,也很难说躺下后能马上睡着。

相反,有时候由于看电视一直在打盹,结果到了该睡觉的时候反而格外清醒。

睡不着的时候,可看的深夜电视也就是NHK的旅游类节目了。

民营电视台都在没完没了地播放广告。

能不能把这些失眠的时间有效地利用起来呢?

退休后这一年半以来,F君一直在思考这个问题,却没有想出什么妙招来。

总之,深更半夜自己一个人醒着,实在不是滋味,而且是极大的浪费。

"喂,你给我振作起来!"

他给自己鼓劲儿,自己点头答应。

看起来,白天还是得多活动活动身体,应该找份工作干干,还要锻炼身体,出点儿汗。这样一来,身体也健康了,夜里也能睡好觉了。

"可是……"

一想到这儿,F君又垂头丧气起来。

同样的事,不知想过多少回了。

不单单是自己,退了休的Y和K恐怕也是这样。所有退了休的男人估计都在思考着同一件事情,每天都夜不能寐。

有没有什么办法,让这些有着同样烦恼的男人充分发挥他们的能力呢?

"好啊,今天晚上就琢磨这个事儿吧。"

F君自言自语着,使劲儿点了点头。

贺岁时节的心境

每年年底,都是互赠贺岁礼品的时节。

很多人可能会说"贺岁之类的事,我才无所谓呢",然而一旦放在心上,就会愈加在意起来。

说实话,F君就很惦记今年会收到多少贺岁礼品这个事。

首先,他要统计一下自己送出去的贺岁礼品的数量。和往年差不多,有30多个。

绝大部分是F君让妻子寄的。妻子不满地说:"还给什么新社长送啊,有这个必要吗?"

确实,自己已经退休了,要说没有必要,可能是没什么必要,但是一退休就不送的话,似乎又不太好。再说,以后保不齐什么时候还要请人家关照呢。

就是出于这种考虑,他才给新社长送礼品的,新社长好像回送了他海苔套盒。

这还算是好的,最后一统计,送出去 30 多个,年底之前也就收到 20 个。

"少了不少啊。"

妻子哪壶不开提哪壶,也不想想 F 君的心情。

果不其然,知道 F 君已经退休,觉得没必要送贺岁礼品的人增加了。

"少了就少了吧,这样也好。"

对方不回送了,反倒不用惦记了,心情也就轻松了许多。F 君自己劝慰自己,但还是抹不去落寞之感。

"这样下去,过不了多久,说不定一个也收不到了。"

他想问问那些退了休的同事们是怎么承受这种落寞的,可又实在鼓不起勇气开口去问。

回到自己的房间,F 君回想起以前的一件事。

差不多是 10 年前的事了。

有一次,F 君去一家位于银座的酒吧时,那里的老板娘曾经问过他这么一个问题：

"您能不能告诉我，在这些人里，谁已经不当总编了？"

在老板娘拿出的纸片上，写着各出版社的近30名职员的姓名。这些人之前都是总编。

"我也不是全知道……"

自己公司的总编卸任了，他倒是知道，至于别的公司，就说不好了。

F君把自己所知道的一一画了圈。

"调查这个干什么？"

"不是快到贺岁的时候了吗？我要给新上任的总编寄礼品，就不给卸任的送了。"

因为F君是熟客了，所以老板娘才问他的，但这绝对不是一件令他愉快的事。

"这么说，这些被画了圈的男人从今年起就没有礼品可收了啊。"

贺岁礼品数量有限，F君也可以理解，但光看这张纸片，他感到有些伤感。

现在回想起来，他觉得当时那些被画了圈的人跟自己现在的情况还不一样。他们虽说从总编职位上退下来了，但是其中有不少人是由于升为部长或董事了。

实际上,总编只不过是出版社职员升官之路中的一站,卸任总编并不意味着不再有工作上的应酬。

退休就不同了,一退休这个人就没用了,今后再也不能为店家带来任何利益了。

对于这些退休的人,谁还会寄礼品来呢?

"原来是这么被划掉的呀……"

F君又自问自答着,对自己点了点头。

问题是,从今往后的年末该怎么过呢?

还在职的时候,F君会把各种杂事处理完毕,然后赶去参加28日的庆功会。

在庆功会上,一般都是先听社长讲话,然后和同事们一起开个小派对。

这也是一年工作结束的标志。每回总有两三个人会喝醉,最后大家齐声高喊:"新年好!"然后就三三两两地离开了。

当然,今年的"庆功会"也是28日,公司应该也寄来了邀请函。

但是,F君去年和今年都不想去。他也不是跟公司较劲儿,而是因为还没有一个退休者出席过庆功会。

再怎么寂寞,也没有必要厚着脸皮去已经退休了的公司,与人把酒言欢。说穿了,这就等于在告诉人家自己闲得无聊。

"还不如,只有我们几个……"他虽有这份心,却无人可请。

他的脑海里,渐渐浮现出已经退休的 M 和 K。

他们也一定都闲得没事干呢。

干脆把他们叫来,开个退休者忘年会吧。

尽管这等同于把自己的空虚无聊告诉别人,但想必他们也挺闲的,肯定会欣然来赴宴。

"好吧,退休者的忘年会……"

F 君顿时兴奋起来,那么餐费多少合适呢?

"1 万日元?不行,要不 5000 日元?"

总之,要打起精神来。F 君给自己打气,翻开了手机盖。

新年发愿

新年伊始,第一件要做的事,还是看贺年片。

今年都有谁寄来了什么样的贺年片呢? F君光是想想就很开心,不过还是暗暗担心贺年片数量会减少。

他希望至少能达到去年那么多,但是说心里话,挺没有自信的。

合家团圆的元旦早餐吃过以后,F君觉得贺年片差不多该送到了,这时儿子幸介已经自告奋勇地下楼去取了。

不一会儿儿子就回来了,开始在桌子上分贺年片。

"这个是爸爸的,这个是妈妈的吧……"

儿子嘴里嘀嘀咕咕地分发着,不大工夫就分完了。

"好了,分好了。"

F君被儿子的话吸引着,过来一看,只见桌子上堆着4座"小山"。

其中两堆高出一大块的估计是自己和儿子的,每一堆都有将近200张。

看起来自己并没输给儿子的那摞,但是儿子公司那边也收到一些,还有人往他的电脑和手机上发贺年片。

先不管那个了,自己也有寄到公司的,F君这么安慰自己,但是很多人已知道自己退休的事,即便有,想必也少得可怜。

如果把寄到家里的和公司的贺年片加在一起,今年恐怕是自己输了。

"可笑……"

F君不禁自言自语道。

自己竟然为了这种事和儿子争输赢,这么想本身就非常可笑。

如果自己的少了,儿子的多了,这不是好事吗?

F君安慰自己,拿着自己那摞贺年片回了房间。

在自己房间里看的话,不会有人打扰,可以细细地欣赏了。

他一张一张地翻看着贺年片和寄送者的姓名。

有的贺年片只有文字,有的附上一张本人照片或家人合影,还有的如漫画一般色彩艳丽夸张……各种各样的贺年片展现在他的眼前。

有的写了"谨贺新年""新年快乐"等,还有的附上一首与新年有关的俳句。

"啊,他来的。""哟,他也来了!"……他一边看,一边点着头。

这样一直看到最后,一共150多张。

今年自己寄出去的和去年一样多,估计有的人会在收到他的贺年片之后再回复他。

"看来,不过如此了……"

F君点点头,但一年比一年少,还是让他感到寂寞。

这样减少下去的话,最后会剩下多少张呢?他真想现在就知道。

其中,Y、M和K这些退休的人都寄来了,可见他们也在为贺年片减少而苦恼吧。

F君发现了和自己一样心境的人,松下心来。

不过,居然也有女人给自己寄来贺年片。

其中 3 个人是原来公司的女职员，两个人是业务上有联系的合同工，还有 3 个人是酒吧或俱乐部的女性。

自己已经好久没有去那种地方了，人家还照样寄来，也许是不知道自己已经退休，出于惯性寄的吧。

广告贺年片还真不少。估计这些也是出于惯性寄来的，但总比没有好。

F 君一边把这些贺年片收进盒子里一边对自己说：

"连这些也收不到的时候，就真的是一切都结束了。"

看这些花哨的贺年片时，F 君再次感受到新的一年开始了。

"对了，现在进入新的一年了。"

他自问自答起来。

"你打算怎么度过新的一年呢？"

去年的正月也是无精打采地度过的，今年应该振作起来，寻找一条自己的生存之路了。

不能再这样怨恨退休，放任自己下去了，要借此机会，积极乐观地生活。

"你说对吧？"他说服自己，并点点头。

"那就先从义工做起吧。"

以前，看到在扫马路或修整路边植物的义工时，他总觉得那是"没意思的事情"。这样想不对，自己就是要从这些没意思的事情做起。

只要迈出这第一步，就会有无数可做的事情。

总之，现在自己必须把一流出版社董事的架子彻底抛弃。然后，投身到崭新的世界里去。

"喂，那就干吧？"

F君认真地问自己。

他觉得不应该消极地看待退休这件事，应该以积极的心态，把退休当作开辟新事业的机会。

F君突然站了起来，朝着明亮无比的元旦之日的晴空伸开双臂，说道：

"好吧，说干就干！"

第 3 部　度过新鲜刺激的晚年

大叔们该出场了

现在经济很不景气。

报刊和电视里每天都在报道有关数据,但相比之下,身边老百姓的行为变化更直接、更切实地反映了实际情况。

这是前几天,一个在下町①某出版方面企业工作的年轻人告诉我的。

以前一下班,只要招呼一声"喂,去喝一杯?",就会有四五个人响应,去附近的便宜酒馆或小饭馆撮一顿。

可是现在,已经没有人这么招呼了,即便偶尔有,响应者也

---

① 下町:日语词汇,指市区中的低洼地段。也指与居住区相对的工商业地区、与高级住宅区相对的平民住宅区。

是寥寥无几。

他告诉我,即便有人对自己说"去喝一杯?",可一想到囊中羞涩,就泄了气,不想去了。

这样的氛围,何止是某一个公司,差不多蔓延到了所有的公司。

实际上,前几天,我去门前仲町那边办事,才8点左右,街上的行人就比较少了。

就连那些挂着门帘的小酒屋,或者一向热闹的大排档之类的地方,也没什么客人光顾,十分冷清。

景气的时候,从外面都能听见店内高声说笑的声音,而现在这种情形,简直就像是"开门歇业"。

这样下去的话,这些店铺还怎么维持呢?

实惠好吃、小巧玲珑的小餐饮店鳞次栉比是下町的特色,看现在这样子,下町的情趣是越来越稀薄了。

不光是下町,街道繁华的涩谷和新宿也好不到哪儿去。

我家所在的涩谷的店铺也是门可罗雀,一群群年轻人只是走在街头,并不进去。"大街上的人是不少,可是赚不到钱啊。"老板叹息道,他的心情不难理解。

要想走出萧条,该怎么办呢?

我现在并不是在探寻政府或日本央行参与的那种大规模的经济政策,而是在思考普通老百姓能够做些什么。

最重要的是,要让有钱的人花钱,尤其是让那些从来不花钱的人花钱。

我首先想到的是,那些曾经在一流企业工作的60岁到70岁的大叔们。

我敢肯定,这些人都把数量可观的钱压在箱子底或存银行了。

之所以这么说,是因为这个年龄段的人几乎都按照预定,拿到了满额的养老金,往后也不需要盖房子或者出远门了。

他们退休后,没什么事可干,充其量也就是没事看看银行存折,从中得到些满足了。

实际上,日本的国债之所以仍有信誉,不就是靠着这些大叔手里攥着大量的金钱不花吗?

既然是这样,大叔们倘若稍微花一点钱的话,会怎么样呢?

我的意思是,现在,倘若大叔们出马,代替穷得叮当响的年轻人进出小酒馆或者大排档的话,那些地方就会立刻兴旺起来。可是也有人反驳我说,这是不可能的。

理由是,夫人们管着他们的腰包呢。

老婆大人的监管的确是滴水不漏,不过,只要大叔们想花钱,老婆们也不一定看得住。

问题的关键是,大叔们能否产生花钱的欲望,这才是最重要、最现实的。

六七十岁的大叔们想要花钱的理由列举如下:

排在首位的,自然非"找个情人"莫属了。为了女人,纵然是最抠门的大叔,也是舍得花钱的。

"哪有女人愿意跟他们呀。"大多数妻子会这样讥笑他们,那可就小看人了。

这里所说的"找个情人",并非那种货真价实的情人。不过是可以陪着大叔喝喝茶、吃吃饭的女人而已。

总的来说,日本的大叔们一开始就没有指望找个名副其实的情人,或者相当于情人的女人。只是有空的时候,能够一起喝杯咖啡、聊聊天就足够了。如果大叔喜欢那个女人的话,也会给她买个包包或丝巾之类的。

"我想请你帮我挑选一下衣服。"以此为理由和女人约会,也有助于保证大叔们的衣着不太落伍,可谓一石二鸟。

这样的话,愿意和大叔们交往的女性应该不在少数。

有的女性说,与其跟那些端着架子的傲慢年轻男人交往,和大叔聊天还可以获得很多知识呢。

总之一句话,大叔们应该放开一些,主动去跟女孩子,甚至是大妈们搭讪,和她们多交流。

当然,有的大叔会觉得,这样做只会被人家看作是下流的大叔。

要是运气不好遇到那样的女人,以后不再见面就是了。其实,她们怎么想都无所谓啦。

总而言之,现在正是有钱没地方花的大叔们像个男人般站起来的时候。说到底,你们要做的不过是主动跟女性交流,多少花一点儿钱,度过愉快的时光罢了。

这样一来,既可以永葆自己的青春,还可以为国家经济振兴做贡献,何乐而不为呢?

不眠之夜应对

"为了度过不眠之夜。"

恐怕有人会以为这是一本罗曼蒂克小说的开头吧。

事实上,我现在真的是在谈论如何对付不眠之夜这个老大难问题。

以前,在我特别特别年轻的时候,从来没有过"不眠之夜"。

那时候,可能是由于白天消耗了很多能量,所以晚上一上床就睡着了。

因此,我从来没有想过不眠之夜如何度过的问题。

虽说这样很值得庆幸,但过于平淡无奇,要说是无聊也很无聊。

到了60岁以后,我是如何度过不眠之夜的呢?

现在,说实话,遇到不眠之夜,我就想,干脆不睡觉好了。

白天,我不必像一般工薪族那样去公司上班。由于作家的职业需要,几乎整天关在家里,而且所有的时间都可以随意支配。

当然,晚上也是自己的时间,所以,即便是夜晚,也常常不睡觉。

就是说,深更半夜也不睡觉,还在构思自己的小说,或者写一些此时脑子里已经成型的部分。

问题是,可做的都做完了之后,到了该睡觉的时候,还是睡不着。

每当这个时候,我就想,干脆不要睡了。也就是说,不搭理自己睡不着这种状况。

这么做的结果如何呢?

当然还是睡着了。

这就是说,不必因为睡不着而烦恼不堪。

现在我到了70岁,睡不着的时候做些什么呢?

看电视。不过,不是看一般的电视节目,我是看围棋或将棋节目。

这些节目当然都是事先录下来的。

NHK每个星期日都有围棋或将棋的淘汰赛。有的频道一整天都在播放围棋或将棋比赛。

把这些录下来的话,随时都可以看了。

幸好围棋和将棋我都有五段的证书。其实,将棋的实力最多三段吧。不过,围棋的水平应该达到五段了。

所以,睡不着的时候,我就看围棋或将棋的节目录像。而且,基本上看的都是围棋节目。

看这些节目特别容易睡着。我只能看30分钟,30分钟后我就渐渐迷糊起来,40分钟后就睡着了,或者说是应该是睡着了。

NHK的围棋或将棋节目,时间大约为一个半小时,所以我只记得前半场,完全不知道最后的结局是什么。

因此,有时候再一睁眼,同一个节目又开始播放第二遍了。

围棋和将棋不仅是我的最爱,还能给我催眠,上哪儿找这么好的事啊。

不过,有人也许会问,既然这么喜欢看,怎么还会睡着呢?

一般人认为,看自己喜欢的东西,是睡不着的。

那你就想错了,这就跟"和自己喜欢的人在一起很容易睡着"是一个道理。

不过,最近看着围棋节目睡着后,我曾经做过很奇怪的梦。在梦里,我在和一流围棋手对局。

只是不知道自己下的是不是一手好棋。

但是,能够在睡眠中和一流围棋手对局,感觉别提多酷了,连我自己都对自己佩服得不得了。

"这怎么可能啊!"我是一边这么想一边下棋的,所以就更加匪夷所思了。

反正围棋对于现在的我来说,是一种不可缺少的宝贵游戏。

实际上,下棋时感觉非常愉快,而且围棋能锻炼脑子。将棋也是一样,可以提高人的思考能力,增强判断能力。

其实,从今年初夏开始,我就打算写一本让人吃惊的小说。显而易见,这相当于在围棋、将棋对局中采用新下法。

正因为这是迄今为止没有人下过的,也没有人想到的新下法,所以能否成功难以预料。

但我还是要试试看,不对,是写写看。

由"为了度过不眠之夜"这个题目出发,我写了这么多奇谈怪论,看看表,现在已经快凌晨3点了。

现在必须睡觉了,可是今天晚上睡得着吗?

这么说还是看围棋节目最容易睡着啊,今天看多长时间能睡着呢?

万一睡不着,一直看到最后的话,可能就写不成小说了。

趁现在还没有变成那样,还是先睡着要紧。

"晚安。"

光荣退休之后

大家虽然知道日本是老龄化社会,但是知道老年人每天在做什么吗?

我打算对这个问题进行一番考察。

下面的数据,是世田谷区对区内的10万名65岁以上的老年人进行问卷调查的结果。

白天(从上午9点到下午5点)最常待的地方是家里。一整天都在自己的家里度过,一步也没有离开的人达到了72.4%。

从这个数据可以看出,大多数老年人整天待在自己家里。

关于和邻里的交往问题,"几乎不来往"或只是"见面打招呼"的占 57.1%。

此外,独自居住,几乎不和亲戚朋友联系的所谓孤独老人占 2.6%。

这个数据是 2009 年的,现在应该有所增加。这样的状况很令人担忧。

有没有可以使老年人的生活状态变得积极起来的改进方法呢?

这当然需要邻居和亲人多跟孤独的老年人说话,多照料他们,可是实行起来也有很多困难。

说到 65 岁以上的老年人,我想起了退休的男人们。

他们几乎都闷在家里,很少出门。

就在前几天,我见到一个退休的人,他也说他不怎么外出。

男人一般来说,没有明确的目的是不会随意外出的。

一个人出去瞎溜达,总觉得别扭,很不自在。

相比之下,女人一个人也很快乐。购物啦,参观游览各种地方啦,都能消磨大量的时间。

此外,据说让窝在家里的大叔们在家里待得不自在的,是妻子的那句话。

"你也出去转转吧。"

一听这话,所有的丈夫都会不知所措的。

不用问,丈夫们也并非不想出门。明说了吧,因为没有地方可去,所以他们才一天到晚窝在家里的。

妻子却让他们"出去转转吧",未免太难为他们了吧。

而且,每天和妻子一碰面,他们就会听到这句话,更加不堪忍受了。

希望妻子们起码不要用这种厌烦的,甚至是讨厌的表情对丈夫说这句话。

说心里话,一听到这句话,他们恨不得吼她一声:"给我闭嘴!"

其实,现在他们连这么大吼一声的精神头都没有了。

他们也许想哭,难道自己真的成了这么让人讨厌的多余的人了吗?

夫人们,对你们退休丈夫的心情,能不能稍微体谅一些呢。

不过,男人就是这种宿命的生物。

这是任何人都承认的,男人最大的工作就是工作。

这个说法虽然很怪异,但是对于男人来说,工作就是最大的使命。

不知是幸运还是不幸，男人们都是在这样的说教中长大，并一直坚信不疑的。

可是，退休就是将这个最大的使命，以超过60岁为由，单方面地剥夺了。

更有甚者，近来，不少企业的职员临近60岁时，就被降格为闲职人员。

这么多年来，他们一直埋头于工作，只有工作才是此生最重要之事。在这种培养教育模式下活到今天的男人们却在一夜之间被剥夺了工作，以后他们会怎么样呢？

他们变得惘然若失，无所事事，自闭在房间里是情有可原的。

当然了，从60岁开始重新干一番事业也未尝不可。以此为契机，可以开辟新的人生，挑战新的工作。

但是，说实在的，超过60岁的人能够干的工作几乎没有，挑战新工作，年龄又老了些。

而且，越是退休前一帆风顺、职位高的人，退休后越是难以改变。

好在这些人获得了可观的养老金，生活无忧。

这些人退休后,往往会窝在家里不爱出门。

对他们说什么"出去转转吧"不是有些不近人情吗?

大叔们也想出去转转,可惜没有地方可去。而且即便出去,由于多年来养成的职业习惯,很难轻易地喜欢上其他的事情。

那么,出色地干到退休的大叔们,闲暇时光该如何消遣呢?

下一章就谈谈这个问题。

写写自传

窝在家里,不想出门的老男人们,尤其是退了休的,有大把时间的丈夫们,该干些什么好呢?

我想就这个问题探讨一下。

有了闲暇时间的男人们,首先应该做的是走出家门。

在妻子没有说出"你也出去转转吧"之前,就潇洒地走出家门。

然后去哪儿呢?

刚刚退休、会某项体育运动的人,可以健身,比如跑跑步、打打球等,这样能够使自己的心情开朗、顺畅起来。

不过,随着年龄的增长,运动也越来越难了。

那么,就去那些一个人也可以去的、不给别人添麻烦的地方。

如果有什么爱好的话,去参加这类兴趣小组是最合适的。

比如俳句会或和歌会等。

这些小组,一般有几个人或十几个人参加,各自发表自己作的俳句或和歌,谈谈自己的创作心得即可,身体也不累。

不过,从来没有作过俳句或和歌的人,也许就不适合突然去参加这类小组了。

那么,你会不会下围棋和将棋呢?

这类地方,即使突然去参加也会受到欢迎,找个旗鼓相当的棋友就可以待上好长时间。

只是如果棋艺不是很好的话,即使去了也感受不到太大的乐趣。

上面这些都不会的人该去哪儿呢……

一般人首先会想到图书馆。那里不用花钱,而且待多长时间都没人管你。

不过,近来图书馆里总是人满为患,有的人甚至趴在桌子上睡觉。

如此,就不好说什么时候去都可以了。

"那就去公园吧。"有的人会这么说,但只能天气好的时候去。

无论怎样,上了年纪以后,要尽量和各种人轻松交往,拓展人脉。

与原来公司同事的关系往往会淡薄下来,但可以用与周边居民交流或做慈善活动来代替。

"都这把年纪了,我可没有那么大的劲头。"

"我就愿意独来独往。"有的人可能会这么说。

我就想待在家里,不想出门。我想在房间里做适合自己做的事。

抱着这样的想法的人做什么好呢?

那我就提个建议吧。

最适合这类人的事情,我想就是写写自己的经历。

"什么?写自己的经历?"很多人可能会十分惊讶。

对呀,写自己的经历的话,一般人只要多少有点儿精神头,就能够写出来。

回顾自己的幼年时代,在哪里出生的,父母是怎样的人,他们给你留下什么样的印象。

在父母的培养下,上了小学、中学,遇到了什么样的老师,受到了怎样的教育。

然后,上高中以及大学后,学了什么专业,交了哪些朋友,他们给了自己什么样的影响。

之后,写写就职考试后,去了哪家公司,做过什么工作等等。

这些都是自己亲身经历过的,只要想写,可以写的东西要多少有多少吧。

还有,多少岁的时候邂逅了现在的妻子,经过怎样的恋爱,最终走入婚姻殿堂的。

后来,生了几个孩子,他们现在的情况如何。

诸如此类,自己想起来什么,就写什么好了。

既然是写自己的经历,即所谓的自传,就不用担心写不下去,或者不知道怎么写。

把自己回想起来的事情如实地写出来就可以了。当然,多少有些夸张或省略也没有关系。

想把自己写得好一些的话,就这样去写吧。不过,偶尔写些自己曾经的尴尬或笑料更有意思。

可能有人会说,写这种自传是为了谁呢?答案很简单:

为了你自己!

为了自己,写自己,让自己满意。

当然了,也可以给妻子和孩子们看看。

这样还可以向孩子们传达你的真实心声——老爸就是这样生活过来的,就是这样辛勤工作,把你们抚养成人的。

这部自传既是你本人一路走来的历史,也是这个家庭的传记。

而且,如果是特别有意思或内容深刻的自传的话,说不定会有出版社将它出版呢。当然,即便不能出版,作为家庭的历史也是非常宝贵的记录。

写自己的历史就是如此宏大而伟大的事情。

就凭这一点,即便妻子说出"出去转转吧",你也可以理直气壮地回答:

"没时间呀,我在写咱家的传记呢。"

你这么一说,碎嘴唠叨的妻子也会把嘴闭上的。

有些人上了年纪以后,头脑依然清楚得要命。

请这些人务必写写自己的经历,也就是自传试试看。

怎样写自传

我在上一篇文章里，建议退休后有一大把时间的人尝试着写写自传，意外获得了不错的反响，收到了很多人的来信。

这些读者最担心的是自己没有这个能力。这个问题完全不用担心。

因为，这是自己为自己写的东西。

你既不是为了给别人看而写的，也不是为了出版而写的。既然是为了自娱自乐，那么请大家放松心情，马上动笔吧。

如果某个部分想要写得夸张一些，那就尽管夸张好了。反之，某个部分不想写，想省略掉的话，不写也可以。

因为是自己为自己写的自传，所以最好是按照自己的喜好去写，不必顾忌任何人。

实际上,这样写出的自传更加自由奔放。

自传的乐趣就在这里。

而且,不必担心写出来的东西没有人看。

原本就不是为了给别人看而写的,所以,没有人看也很坦然。

在这一点上,拿得起放得下也是自传的乐趣之一。

我认识一个曾经写过自传的人,他告诉我,最让他劳神费力的,是记录过去交往的女人那部分。

例如对方是什么样的人、曾经怎样交往的、结局怎样等等。

我没有看过他是怎么写的,他说反正紧张得很。

他还说,因为是自传,所以是非常如实而坦诚地写的。

在日本,一个男人难免会经历一两次这样的事情。

回顾过去的这些经历,把它们如实而坦诚地写出来,也算是写自传的乐趣吧。

"不对不对,打死也不能写这些事。"或许有人会这么说。

不过,这些感情经历也是自己人生中的重大回忆之一,如果你想多少写一点儿的话,还是写下来吧。

因为,当你书写的时候,昔日的一切又历历浮现在眼前,你在那一幕幕熟悉的场景里飘忽来去。把它们记录下来后,你会感到心里很踏实,仿佛给自己做了一个了结似的。

有人可能会担心,要是让妻子看到了,那还了得!这个请各位尽管放宽心。

你的妻子即便看到了,也会"嘿嘿"一笑了之。

因为妻子本来就比当丈夫的心胸开阔,对丈夫的过去不大介意。

而且,只是男人喜欢写这些事,女人一般不会写。

因为男人天性喜欢回忆过去,而女人大多不太回首往事。

这就是说,男人写自传也是一种必然。

总之,写了自传后,你就会觉得心情放松了,或者说放心了。

即便发生多大的事,也没关系了,或者说无所谓了。说得极端一点,就是现在去死,也没什么可遗憾的了。

这也难怪,你此生经历的所有事情都已经写完了,终于可以彻底放松身心了。

在你离开这个世界后,如果别人看到这本自传的话,就会看到你曾经走过的足迹。

首先,你的妻子和孩子们会看吧。

原来父亲的一生是这样度过的啊。

那个时候,原来他在想这些啊,原来他是这样想的啊。

看了以后,孩子们会对父亲产生亲近感或连带感也未可知。

自传这种东西,本身就蕴含着成为作者遗书的可能性。

实际上,人上了年纪,就很难对家人随意发泄或动辄训斥了,那把这些话都写进自传里好了。

还有那些不好意思对妻子和孩子说的话,也写进去。

怀着感谢的心情写下"谢谢!"这句话,可以给自传增添色彩和分量。

那么,自传该写在哪儿呢?

可以写在本子里,也可以打进电脑里,这样便于阅读。

不过,据说现在可以把白纸装订成书了,所以这种形式的自传或许比较整齐好看。

下一步,就是动笔去写了。

可能有人会说,我没有自信能够客观地写,因为都是你自己的经历,完全没有必要客观地写。反倒是主观地写更具有作者的特色、更有趣啊。

请大家千万不要想太多,随心所欲地去写吧。

可能有人想问我:"你写过自传吗?"

我的回答是"都写在小说里了"。

积极开朗地生活

最近,在一些书上,经常看到对老年人或长期住院治疗的人的大胆建言,诸如"立即停止住院治疗""抗癌药对身体有害""就因为去医院才治不好病"等等。

这些建言的人之中,有的是医生,所以建言更是振聋发聩。

当然,这些建言只是为了对书进行宣传,因此出现医生的名字更吸引眼球,也更有说服力吧。

那么,这些建言到底对不对呢?

仅仅依靠医生没完没了地治病,的确是个问题。

"让医生看了之后才放心。"许多人会这么想,但那位医生只是做出诊断,由此再进一步,这样治疗到底是否合适,他认真考虑了吗?

不可否认,有些医生是墨守成规的。

实际上,现在的医生与其说是在给患者看病,不如说是在盯着电脑屏幕看,患者感到不安也情有可原。

关于癌症的治疗,即便在医疗的最前沿也是众说纷纭。

这是因为抗癌药有很多副作用。

当然,最好是不使用它们,可是也不能放弃它们。

不言而喻,癌这种病,基本上属于进行性的、恶性的。为了抑制它,抗癌药是最有效的,同时,其副作用也很强。

那么,应该在癌症发展到什么程度时使用抗癌药呢?这就需要医生和患者的密切联系和准确观察。

医生疏忽大意,将患者驱赶到危险的境地,这种情况不能说没有。

而且,在癌症的治疗过程中,医生也不能完全把握的情况并不少。

关键的问题是,对于癌症的治疗还存在着很多未知的领域。

日本人去医院接受治疗时,首先不要忘记的是,医生给你开的药,其实是"毒药"。

"简直是胡说八道。"有的人可能会这么想。可是,病人的确是花钱买了"毒药"。

事实上,病人哪里疼痛时,吃药后就不疼了,就是因为服了"毒"。

哪里都不痛的话,就没有必要吃药了。之所以吃药,就是靠着"毒"的力量解除疼痛。

而且,各种治疗内脏疾病的药也是"毒药"。

比如,胃药和治疗糖尿病的药,就是分别刺激、促进胃功能和肾脏功能的。

如果它们没有异常的话,就没有必要吃药了,然而这些药的刺激给胃或肾脏增加了负担。

实际上,我们也因为受到异常的刺激而感觉疲劳,时间长了,就病倒了。

所以说,所有的药和针剂基本上都对身体有副作用,都是"毒药"。

多年来一直去医院拿药,就意味着长期以来,不间断地从医院拿"毒药"。

所以,偶尔不去医院不是一件坏事。

非但如此,甚至是应该肯定的。

这就是为什么说"长期住院治疗应该停止"的原因了。

不过,希望老年人打起精神来。尤其是平均寿命比女性短7年的老年男性一定要开朗积极地生活。说到这里,首先遇到的问题,就是对于疾病的预防和治疗。

当然,这是很重要的,但生活方式也很重要。

也就是说,每一天都要过得开开心心的。

安度晚年的基点,要首先从这里开始。

那么,进入老年后,特别是70岁以后,要想开开心心地生活,应该怎么做呢?

我给出的答案很简单,那就是:

"你们应该谈恋爱。"

啊!很多人可能会瞪大眼睛,大吃一惊。难道不对吗?一谈起恋爱来,人的心情就变得开朗愉快了。

你说得容易,这么大岁数,还怎么谈恋爱呀?许多人会提出这样的疑问。

其实不用担心。在我们面前,在你们的周围,不是有很多女性吗?

你们不必叹息什么女孩子们都不理睬我们啊。

年轻女性不行的话,也可以找中年或老年女性啊。

千万不要说"那怎么行啊"。你自己已经上了年纪,所以,对方60岁还是70岁都没有关系。

总之,不要挑三拣四的,先找个女友是当务之急。最重要的是,要抱着享受人生的心态去约会。

你们首先要走出家门,与人接触,与女人交往。

对,要想让身体健康起来,你们应该从恋爱做起。

重振雄风

在上一篇文章里,我谈到男性要大胆地接近女性,现在继续谈谈这个问题。

也算是这个问题的实践篇吧。

在此,我最介意的是男性中的老年人,尤其是那些退了休的、无所事事的男人们。

这些日本男人从20岁到60岁一直在努力工作,给家里输送薪水,养活妻子和家人,是家里的顶梁柱。但是,从退休那一刻起,他们便窝在家里,几乎不出门了。

这还没什么,问题是在家里待的时间长了,就会遭到家人尤其是妻子的厌烦,让他们"出去转转"了。

这种情况,我在前文中也多次提过,有什么办法能够让光荣退休的大叔们找回曾经的活力呢?

为此,我的建议就是,首先要找个女性朋友。

这不是开玩笑吗?许多人会吓一大跳。不过,只要你有这个心,就轻而易举。

可是,去哪里找女性朋友啊?很多人恐怕摸不着门道。为此,你首先要去参加一些活动或聚会。

第一步要先走出家门,与人接触。

上了年纪的男人很不擅长这些,但为了找女性朋友,要把自己从过去的束缚中解放出来,进而使自己变身为无拘无束、风流倜傥的大叔。

原本,大叔们骨子里都是随心所欲、风流潇洒的,只不过多年来受到公司"清规戒律"的束缚,渐渐地就自命不凡起来,误以为自己是个不落俗套的人呢。

因此,现在就要走到人群中去,主动跟女性交往。哪怕对她说句"早上好!"也行。

要是对方不搭理你,就对另一个女性再说一遍。

一般来说,男人都比较腼腆、拘谨、内向。

看上去他们好像是落落大方、开朗活跃的,那只是表面现象,实际上完全不是那么回事。

这种情况,只要去一下老年之家那样的地方就明白了。吃饭的时候,一桌4个女性的地方,欢声笑语不断;一桌4个男性的地方,则都在闷头吃饭,谁也不说话。

而且,吃完饭以后,男人们便安静地各回各屋,女人们还会去咖啡室等地继续聊天。

她们就这样和各种各样的人东拉西扯,说说笑笑。

这样的交流促进了她们的健康,老大爷们却孤独一人,继续沉默。

如此下去,老大爷们得不到良性的刺激,早死也是顺理成章的。

前面已经谈到了,男性的平均寿命比女性少7岁。

"那又怎么样?我就想早死呢。"如果有人这么抬杠,我也无话可说。

不过,早死这种事也会给你周围的人造成很大的伤害。

不管怎么说,男性年龄越大,就越要多和人交往,轻松愉快地生活。

特别是一旦有了女性朋友,你就会感到很刺激,因为双方想的事、感兴趣的事都大不一样,非常有趣。

前几天,我和法国一位名叫朵拉的女性进行了对话,她写了一本书,题为《妈妈不如情人》。

其副标题是"妈妈不如妻子、妻子不如情人的法国,情人不如妻子、妻子不如妈妈的日本"。

尽管有些遗憾,但是这种倾向的确不可否认。

在日本,女人首先被要求做到"情人不如妻子,妻子不如妈妈",同样,男人也被要求"情人不如丈夫,丈夫不如父亲"。

与其说是要求,不如说大家认为应该是这样。

不过,这种倾向现在该抛弃了。

日本应该适应新时代的男女关系,将其改变为"妈妈不如妻子""爸爸不如丈夫",这样更有乐趣。

这种男女关系在欧洲已经习惯成自然了,所以,欧洲的一些领导人给人感觉有些好色。

无论是法国前总统奥朗德,还是意大利前总理贝卢斯科尼,在他们的背后总是不乏妖冶的女人。

与之相比,日本的总理大臣则干巴巴的,毫无色彩可言。

纵观历任的日本总理大臣,倘若勉强找出好色一些的话,要数倡导列岛改造的田中角荣和主张邮政改革的小泉纯一郎了吧。

他们是否真的在外面有女人姑且不论,至少可以说他们属于不安分的、蕴含着魅力的人。

并非由此得出这个结论。老年男人们,现在从父亲和丈夫的角色里迈出一步来,做个别样的男人怎么样?

见到女性,一定要主动打招呼,跟她们攀谈。

许多人会说,这我可做不到,但是,正因为做一些做不到的事情,才会有活力啊。

总之,你们要由沉稳变得活泼,与女性交往。

而且,最好找上了年纪的女性,和她们聊天,话题会更加丰富、更有意思。

她自己也是老年人,所以不会太挑剔。大叔们只要鼓足勇气,大胆走上前去,就会找到很多乐趣。

"那我也不愿意这样做。"这样想的人只好孤独地把自己关在家里了。

老年生活怎么度过,当然是各人的自由了。

多少岁算是老年人

前段时间,在报纸上看到一则关于多少岁算老年人的报道。

对此,2009年,日本内阁府对60岁以上的男女,约3500人进行的调查显示:回答65岁以上为老年人的占10.8%;认为70岁以上为老年人的人最多,占42.3%;回答75岁以上的人占27.4%;回答80岁以上的人占10.8%。

对于到底应该从多少岁开始算是老年人这个问题,好像一直没有一个统一的标准。

一般人之所以会感觉应该是65岁以上,大概是因为受到1956年联合国发布的年龄划分报告书的影响。该报告书将65岁以上划为老年人。

不过，当时（1955年）日本人的平均寿命是男性为63.6岁、女性为67.5岁，因此，把65岁的人称作老年人，没有觉得不合适。

事实上，日本老年人基础养老金的支付、养老保险的使用等名目繁多的老龄化政策的受惠对象的年龄，都被定在这个年龄。

后来，日本老龄化发展迅速，2010年的平均寿命大大提高，男性为79.64岁，女性为86.39岁。

因此，2009年的调查显示，认为65岁以上属于老年人的人减少到只占约11%。

此外，总务省的一项调查表明，从65岁到69岁的男性，有大约一半在工作。

那么，读者们认为应该从多少岁开始算是老年人呢？

对于这个问题，回答因人而异，相差很大。

从我的感觉来说，进入70岁后半，即75岁及以上属于老年人比较妥当。

实际上，从75岁开始，身体会急剧衰弱，手脚也变得不听使唤，各种癌症、内脏疾病等开始找上门来。

当然,由于去医院治病的次数越来越多了,所以医疗方面将75岁及以上的老人划为高龄老人,是很正确的。

我再次感到,人类这种生物,说不定就是被限定为活到七十五六岁的。

不言而喻,有的人更健康、更长寿,也有的人更柔弱、更短命。

但是,一般来说,七十五六岁差不多是个坎儿,可以说是人体健康的平均值。即便是活得更长一些的人,也大多是在接受治疗或长期住院,以此维持生命,而且这样的情况越来越多了。

我所认识的医生也几乎都赞同人体健康75年说。

由上面这个理由得出75岁为老年人的说法,以为会得到大多数人的认同,但是认为70岁以上为老年人的人占到42.3%,非常地多。

的确,75岁及以上为老年人的话,步入老年后身体健康的年头太短,让人不安心。

即便是老年人,也希望还有五六年健康的时间,把这些想法考虑在内,70岁以上为老年人可能是最合适的说法。

也有人对这样重新界定老年人的定义抱有各种担忧。

最大的理由,就是担忧"重新界定老年人的年龄,是为本来就不算多的养老金延迟发放找借口"。

事实上,日本内阁府召开的有识之士研讨会的报告书提出,"将65岁的人一律归入需要经济支援的范畴,是不符合实际的"。但是,该报告书没有提出新的界定年龄,寻求符合个人差异和实际情况的思想意识变革。

的确,65岁的人被看作老年人的话,容易让他们产生依赖性,有些人能工作也不工作了。

出现这种情况的话,当然很成问题。不如给退了休的老年人多提供一些适合他们的工作。

实际上,我认识的一些老年人说:"只要有工作就愿意干。"

有人甚至说:"即便每月给10万日元工资,我也干。"

难道不能想办法给这样的老年人一些工作干干吗?

这些人如果工作的话,就会从领取养老金者变为纳税者了。

总而言之,日本现在是真真正正的长寿社会了。

无论男人还是女人,完全有精力工作到75岁。

哪里,女性就更有精神了,干到80岁都没有问题。

不过,有人好像不喜欢"老年人"这个词,或者不愿意被叫作"老年人"。其实完全没有必要介意这个。

倒不如挺起胸来,充满豪情地说:"我也终于成为老年人了!"

因为并不是每一个人都能够成为健康的老年人的。

新名片的用法

现在,退休后的男人最头痛的,就是名片没有用了。

当然,直到退休之前,他们都有名片,可是一旦退休,就得把它们抛弃了。

"那又怎么了？理所当然的呀。"很多人会这么想,尤其是女性,几乎都这么看。

可是,迎来退休的男人放弃名片,或者说是失去名片,对他们来说是件很难受、很伤感的事情。

因为,对于他们来说,名片是一种存在的证明,也是最适合表现自己的方式。

因此,男人对于初次见面的人,一定会递上名片的。

"我是某某某。"

对方看到名片,会点点头,表示认可。

"这个人原来在这个公司工作,做这方面的业务。"

当然,仅仅看名片并不能了解对方所有的情况。

不过,通过一张名片可以大致了解对方的一般情况。

正所谓名片打开了相互沟通的窗户,也可以说是让彼此放心的存在证明。

但是,退休可以说是剥夺了他们的名片,使退休者进入了不能使用名片的时代。

问题是,退休以后为什么还要使用名片呢?

我想说,用用有什么不可以呢?

有人说:"可是,现在我已经退休了。"那么,就在前面加上"原"字好了。

"东北工业原总经理""大阪电气原专务董事"都可以。

既然是曾经担任过的职务,而且现在明确注释了"原",所以不应该成为问题的。

当然,可能会有人说怪话。

"那家伙都退休了,还什么原专务董事,真是对职务恋恋不舍啊。"等等。

其实,应该说,别人递给自己这样的名片,自己更一目了然,或者说更容易熟悉对方。

"是吗?您原来在东北工业任职啊。我曾经去过贵公司几次呢。"

这样往往会聊得很投机,很快熟悉起来。

我经常参加的经济界人士的围棋同好会的会员,几乎都有印着原来职务的名片。

而且,由于旧名片的关系,双方很容易亲近。

当然,退休后的女性也可以持有同样的名片。

"以前我在这里工作"等等,这样寒暄的话,常常会让双方更有的聊。

总之,退休后的男人失去名片的话,在工作上就什么也没有了,连你是什么人都搞不清楚了。

既然是男人们兢兢业业干了一辈子的工作,在以前的名片上加上"原"字来使用,完全说得通,一点儿都不用顾虑。

尽管如此,可能有人会说,拿着带"原"字的名片到处招摇,脸皮真厚。既然退了休,就应该潇洒地告别以前的职务。然而,在日本,坦坦荡荡地使用"原"字名片的大有人在。

最典型的就数"名誉教授"了。说穿了,就是退休的大学教授。

他们已经离开了大学讲台,是否还从事科研等工作也不得而知。然而,这些人堂而皇之地加上了"名誉"的头衔。

有时候,有这个头衔的人甚至比在职的大学教授还风光呢。

实在是匪夷所思,奇哉妙哉!

何不干脆模仿这一做法,直接来个"东北工业名誉总经理",如何?

这样的话,名片就再也不需要改变了,可以彻底放心了,也就不会被人诟病对过去的职务恋恋不舍了。

话又说回来,为什么只有大学教授可以这样堂而皇之地使用"名誉"二字呢?

难道说,只有做学问才可以没有期限,永远持续下去吗?

不是的,从某个角度来说,没有比做学问变化更大的领域了。

这些且不讨论,大家都来使用这个"名誉"头衔吧。

比如"名誉总经理""名誉部长"等等。

还有"名誉祖父""名誉老爸",以及"名誉恋人""名誉男友"

之类。

　　一加上"名誉"二字,就给人感觉提高了一个档次似的,真是笑死人了。

思考寿命

我不太清楚有没有"老年学"这一说。

这个词由于有了"学"字而显得高深莫测,但要是说到只有上了年纪的人才会知道的事情,那实在太多了。

下面我就举这么一个上了年纪才知道的例子。

前文我也写了,即便是身体很好的人,到了 75 岁左右也开始得各种病,身体迅速衰弱。

很多上了岁数的人都这么说。我在 76 岁的时候得了前列腺癌。第二年,感觉从腰到大腿都疼起来,一检查是脊椎管狭窄症。

于是,我立刻进行了各种检查,前列腺癌的一部分癌细胞转移到了第四腰椎,用抗癌药和放射疗法控制住了,到写篇文章时还没有转移的迹象。

而脊椎管狭窄症这边,由于这方面是我当整形外科医生时的专攻领域,知道很多即便做手术也没有多大效果的病例,所以采用了局部注射配合运动疗法,后来基本上不疼了,算是治好了。

后来去医院进行各种血液检查的时候,又发现自己患有轻微的糖尿病,血压也偏高。

于是,又立刻开始吃降糖药,但降压药,我几乎不吃。

就这样,我完全是跟着自己的感觉走,有的药吃,有的药不吃。

有人会说,你这样随便吃药,怎么行啊?不过,比起要应对众多患者的医生,我更了解自己的身体。

当然医生的意见很重要,该听的时候我是会听的,只是有时候没有听。

因为,自己的身体毕竟自己最了解。

不过,日本的医院的确是很喜欢开药。

比如,病人一说肠胃有点不适,没有食欲,医生马上就给开出一大堆药。

说实话,这样的药必须吃吗?我担心如果谨遵医嘱,把这些药都吃进去的话,胃反而更难受了。

我这么说,是因为我在前文也说过的"是药三分毒"。

正因为有毒才有效,没有毒性就不叫作药了。

所以,吃药等于给内脏的某个部位增加负担。

比如降糖药,听医生说"这个药促进胰岛素分泌",病人便放心地吃。

然而,众所周知,降低血糖值的胰岛素是靠肾脏来制造的。

也就是说,只要你在服降糖药,药物就会促使肾脏分泌胰岛素。

我不敢说肾脏是不是在"嘿哟,嘿哟"地喊号子,但可以肯定的是,降糖药在给肾脏君鼓劲儿呢。

对于降糖药的鼓动,肾脏君一定很卖力地分泌胰岛素,可是由于太卖力了,也可能会劳累过度,到头来过劳死的。

可见,肾脏君也很辛苦,当然,一般来说不至于到那种地步。

也许我是多管闲事,但还是希望各位不要为了支持医院的经营而吃药。

说实话,直到70岁之前,我都没怎么得过病。然而,过了75岁以后,各种病就找上门来,自己都觉得自己的身体不可思议。

不过,这种现象并不是我一个人有,比我岁数大的老年人都这么说。

因此,我想到了高龄老年人的医疗问题。

75岁及以上的人属于高龄老年人,这是厚劳省①的说法,应该说这很准确、很有说服力。

不言而喻,75岁及以上的老年人大多成了医院的常客,在治病上花很多钱。

这样的话,千篇一律的养老保险恐怕是难以覆盖的。

现在,日本是世界上屈指可数的长寿国之一,这些老年人的医疗资助也逐渐成为最大的医疗保障问题。

而且,人从75岁左右开始得一些病,可见这个年龄段是人的平均寿命。

当然,也有身体好,活过75岁的,也有不到75岁死去的,但是,把这个年龄前后看作是人体健康的界线,应该是不会

---

① 厚劳省:日本厚生劳动省的简称。日本负责医疗卫生和社会保障的主要部门。

错的。

如此说来,我算不算是活得太长了呢?

我想,把75岁以后看作余生,即多余的生命,如何?

不不,我虽然嘴上这么说,但其实还想活得更长些。所以,没有什么比人的欲望更强烈了。

那么,诸位是如何思考自己的寿命的呢?

年轻的时候,我觉得能活到70岁就知足了,可是活到75岁以后,还想要再活得长久一些。

从那往后,或许就是欲望与寿命的较量了。

当个"花心"老头

在《周刊新潮》连载文章时,我建议退休后时间一大把的男人们可以尝试着写写自传,结果得到了许多人的赞同。

写自传,即便从来没有写过什么东西的人,也可以写得很好。

从童年生活开始写起,想到哪儿写到哪儿,只管写下去好了。

当然了,要是想让它成为回忆录,出版成书,那就另当别论了。

有的人或许会有这样的想法,那就等写出来后,再找出版社也可以。

说实话,出版不太容易,但不排除自费出版的可能。

不过,反正是个人的自传,写完之后,放在家里也没有关系。

对于这个问题,前文我也提过,一家之主,或者说是父亲写的自传,也等于是家族的自传,即所谓家族的历史吧。

即便不能出版,将来你的儿孙们也一定会看的。

"原来父亲那个时候,是这样想的啊,原来他做了这些事情啊。"

而且,以后你看的时候也会感慨万千,沉浸在回忆之中。

写本自传不但没有任何损失,反而是件愉快的事情。

实际上,自传很受人欢迎,《日本经济新闻》的"我的履历"栏目,就是那个报纸的人气栏目。

总之,即便打算写自传,也不必急着写出来。

因为没有人催你必须什么时候交稿,按照自己的节奏,慢慢去写就可以。

与此同时,我要建议你,尽量与各种各样的人交往,尤其是和女性接触。这样能够令你身心愉悦。

很多内向的男人会说"那我可做不到"。这不要紧,你只要出去参加各种活动就好。

无论是兴趣小组还是慈善活动,去参加就是。

你都已经退休了,不必顾忌那么多,凭着自己的喜好,想参加什么就参加什么。

而且,我还要教你一招,什么活动女性多,你就尽量参加什么活动。

首先可以举出的是插花讲习会。

对,就是学习花道。

这种地方,参加的人绝大多数是女性,你要是去了,表示"我想学习插花"的话,保准会大受欢迎。

她们会想:"上了年纪,还来学习花道,多么有品位的大叔啊。"

其实我在学生时代也学习过花道。

不用说,我是冲着花道部那些可爱的女孩去的。虽然功亏一篑,没有追到那个女孩,不过因此学了些插花技术,也不是坏事。

总之,插花教室几乎都是女性,所以,倘若一个大叔鹤立鸡群,哪有不受欢迎的道理?

你不但每天都兴趣盎然地前往,而且会给家里摆满美丽的鲜花,真是一石二鸟啊。

说不定还会萌生新的感情,重新焕发青春。

另外还有一个地方,请务必尝试一下,那就是学习茶艺,对,就是茶道。

只要你说一声"我想学茶道",就可以轻而易举地参加。

而且,茶道讲习会这样的地方也是女性云集的。如果一位沉稳的大叔不请自来,她们自然不会不欢迎。

你要从最基础的步骤学起。

即便笨手笨脚,动作不好看也不要紧。

所以,你才来这儿学习的嘛。

况且,你的周围满眼都是优雅端庄的女性哦。

要说起来,日本茶道本来就是由男性创立的。

自千利休[①]以来,一直是以男性为中心推动了茶道的发展。这也说明男性学习茶道时的姿态是非常优雅的。

而且,如果你对认识的人说"我现在在学茶道"的话,人家会觉得你是个很沉静、很有品位的大叔。

---

① 千利休:1522-1591,日本的茶道宗师,人称"茶圣"。他先后成为织田信长和丰臣秀吉的茶头。作为日本茶道的"鼻祖"和集大成者,千利休及其茶道思想对日本茶道发展的影响非常深远。

再加上讲习会结束后,你还可以获得和各种各样女性交流的机会。

据说茶道讲习会方面也希望男性会员多来参加呢。这是一位主办这种讲习会的女性告诉我的,不会有错。

这样,在学习茶道之余,还有机会交个有气质的女性朋友。

这不就是一举两得吗?

"你这是目的不纯,太花心了吧。"有人大概会这么说,可是,正因为"花心",人类才走到今天的。

我就是希望各位能够靠着"花心"重新焕发青春,找回以往的活力。

交个女性朋友

老年人如何才能与女性接近呢？

上一篇文章谈到了能够接触到女性的场所，下面具体探讨一下怎样才能和她们亲近起来，也就是方式方法的问题。

假设你通过参加兴趣小组或者慈善活动结识了女性。当然，如上所述，像花道或茶道讲习会之类的也可以。

如果你已经知道了对方的名字、年龄，对对方的整体感觉还不错，打算进一步交往的话。

如果你并不想把对方作为女友来交往，只是想和对方亲近一些的话。

我给出的建议是：此时最重要的是，不要急于求成。

男人们做事情往往急于求成。

的确,男人一直被要求做事情要速战速决,雷厉风行。

他们在那样的世界里被熏陶了多年,认为凡事都很果断才是男子汉。

不过,与其说是他们干工作需要这样,不如说是男性的身体天生就缺乏忍耐力,没有耐心。

与之相比,女性的身体天生就很从容,忍耐力很强。

无论如何,请不要忘记,在各个方面,女性和男性做事的节奏是不一样的。

接下来,你要做的,就是尽可能地交往几个女性,而不要局限于1个女性。

这么一说,有人会嗤之以鼻,不过,这一点是个重要的窍门。

你在慈善活动中认识了1个女性,在茶道讲习会上又认识了1个女性。

然后在别的场合再认识1个女性,可能的话,认识3个女性比较合适。

当然,这几个女性对你的吸引力肯定有的多一些,有的少一些。

不管怎么说,最好是拥有几个女性朋友。

理由是,这样你就可以分散注意力,不会太执着于某一个女性了。

很多男性听了,会不解地问:"为什么呢?"

刚才我说过了,不要对女性追得太紧了。

要多花些时间,寻找各种机会慢慢去接近。

你们看看那些花花公子,一般都不会急于求成的。

尽管女性对你表现出了好感,你也要左看看右看看,拿着个劲儿。

倒不是故意折磨人家,而是因为各色女人这么多,你都要一一照顾到,没有工夫现在就对某一个展开攻势。

这么说好像很不可思议,不过,你越是这样,就越是吸引女性,越能增加你的魅力。

因为不那么紧追不舍的姿态,反而会撩动女人的心。

我并不是说所有的事情都要这样,但接近女性的时候,不急于求成,稳扎稳打是不会有错的。

假设你们发展到了一起喝咖啡的程度。

你也不必选择价格昂贵的地方或者饭店里的咖啡座,一般的咖啡店就可以。

重要的是,你要想好夸赞女性的话。

当然,你可以赞美她的长相,但这样说稍显露骨。最好说"你今天的发型很漂亮",或者说"最近好像瘦了些似的",或者说"这件衣服很适合你啊"。

要点是,要说得很随意,不露痕迹。

如果一见面,你觉得这些话说不出口,换成别的也行。比如赞美她的首饰等等。

"我看这个项链很适合你呀。"

"你的领口看着很凉快啊。"

"你的丝巾真漂亮啊。"

"你的包好时尚啊。"

诸如此类,你总会找到一个可以赞美的地方。

就是这样,不要管你赞美得对不对,反正要从赞美开始进入谈话。

多半会有人说,"我可不会说好听的"。

我劝你最好不要这样固执,鼓起勇气去说。

很可能会结结巴巴说不下去,不过,这样笨嘴拙舌的,反而会吸引女性。

"这位大叔,为了让我高兴,都憋成这样了。"这么一想,她就不会反感了,对吧?

总归一句话,你在和女性见面、聊天的过程中,心情也会渐渐地变得柔和了。

希望退休后的各位,要这样多多出去与女性交往,迎来自己的"第二春"。

学习养老

"什么?养老也有学习的必要吗?"

我的意思是说,有必要抱着养老的心态。

在这里首先希望得到各位理解的是,这个学习,基本是以60岁以上的人为对象的,所以四五十岁的人不在此范围之内。

因为,在50岁之前,人们还是能够靠自己的努力获得活力,说得自信一些的话,就是还有可塑性吧。

可是到了60岁,这种可塑性就变得非常弱了,或者说,保持活力非常难了。

也就是说,无论你怎么努力,都不可能像年轻时那样很快恢复体力的。因此,要做好这样的思想准备,再去行动。

比方说，基本的体力自不必说，记忆力、注意力以及视力、听力等，都不会比现在更好了。对于这一点，各位必须有所理解或认识才行。

换句话说，就是要在承认衰老这一现实的基础上，采取行动。

如果忘记这一点，勉为其难的话，往往会给自己的身心造成负担，导致健康状况下降，会事与愿违的。

因此，到了60岁以后，就有必要告诉自己，你现在已是还历之年，不可放纵自己，以后只会逐渐老去，各项机能只会越来越退化。

不过，虽说60岁了，但要从这个岁数开始，最大限度地改变自己的生活方式。

因为男人遇到了退休这个现实问题，自己的状态和生活都会发生很大的改变。

女性也会因为丈夫的退休而改变生活方式，从而对夫妻间的关系产生微妙的影响。

总体来说，对于丈夫们而言，退休是一个时代的结束，而对于妻子们而言，则是一个新时代的开始。

因此，最需要改变的是男人们的生活方式。

公司的经营者或所有者另当别论。几乎所有的男性退休后，都是拿到养老金，成为养老金生活者，成为实质上的无职业者。

然而，大家决不能就此消沉、萎靡下去。

从今往后，你们再也不用受公司规矩的束缚，不用介意工作中的人际关系了，基本上可以独来独往、随心所欲了。

那么，各位现在第一步要做的就是走出家门。

这是最最重要的，因为退休后的男人们几乎都喜欢窝在家里。

可是，窝在家里，自己和家人都会感觉阴郁，甚至会让妻子厌烦。

为了避免这些，就要到外面去，参加各种活动和兴趣小组，进而和女性们交往。

不是有"就活①""婚活②"之类的词语吗？那么退休以后如何

---

① 就活：与就职相关的活动。包括为学生和失业者介绍工作，为自由职业者或合同工争取正式雇用资格的活动。想跳槽的人或自己开业者不包括在内。
② 婚活：日本著名社会学家山田昌弘在畅销书《"婚活"时代》中提出的名词，就是和结婚相关活动的总称。意指未婚者积极参与各种与结婚有关的活动，例如对内积极装备自己，参加化妆、健身或沟通等课程；对外积极相亲、参加约会式交友等活动，包括健身、上人际关系课、相亲、约会等。

生活,就应该叫作"老活"了。

具体的方法,本书已经做过很多探讨了,关键是要鼓起勇气去实践。

当然,这些都需要经济实力。不过,你们退休后,拿到了为数不少的养老金,可以大大方方地消费。

对,大大方方地消费这一点很重要,养老金是自己的劳动所得,所以,在某种程度上,你应该有使用它们的权利。

如果退了休的大叔们都出来花钱的话,日本的经济一定会有所好转。

而大叔们自己也会充满活力的。

60岁的人通过运动来增强体力,当然也不错,但是出去和各种各样的人接触、交谈,会使你更加开朗、更加精力充沛。

至于70多岁的人,我自己到了那个岁数才体会到,那是很可怕的年龄段。

可怕的年龄段是什么意思呢?具体描述的话,可以说就是每一天都在衰老的年龄段吧。

60岁以后虽然也在衰老,但是如果锻炼得当,也不是没有一点儿增强体质的可能。

然而,70岁以后就一切都在走下坡路了。

"奇怪,怎么这点事也干不动了?""原来这个也干不了啦。"心有余而力不足的事情越来越多了。

然而,无论怎样努力也是白费。

所以,即便说从此以后是"万念俱灰的时期",是为衰老、死亡做准备的时期也不为过。

我这么一说,可能诸位会以为人生的末期只是一片灰暗,也不能说得这么绝对。

当一切都走向终点时,人往往会突发奇想,全身心地投入某件事。

比如说,突然对动物或植物产生了强烈的兴趣,或是对迄今为止从来没有做过的事情倾尽全力,或是沉迷于一场轰轰烈烈的恋爱等等。

热衷于不像是70岁的人该做的激情四溢的事情的人不在少数。

是的,我也是在70岁后半程,突然想到要去写男人性无能、阳痿方面的题材的。

这或许算是70岁的疯狂吧。

贺寿语里,把77岁叫作喜寿,我在想,叫作"狂寿"怎么样啊？因为70多岁的人说不定会干出什么来的。

总而言之，我想说的是，人生在世，活得越老，越能够体味到不同阶段的况味，实在是妙不可言哦。

后记

　　本书收录了渡边淳一自2009年10月至2012年8月发表在《周刊新潮》的随笔。2012年10月日本新潮社结集出版时,对作品进行了修改、加工,并对一部分作品的标题进行了更改。